O CONCERTO DE JOÃO GILBERTO
NO RIO DE JANEIRO

A marca FSC® é a garantia de que a madeira utilizada na fabricação do papel deste livro provém de florestas que foram gerenciadas de maneira ambientalmente correta, socialmente justa e economicamente viável, além de outras fontes de origem controlada.

SÉRGIO SANT'ANNA

O concerto de João Gilberto no Rio de Janeiro

Contos

COMPANHIA DAS LETRAS

Copyright © 2014 by Sérgio Sant'Anna

Grafia atualizada segundo o Acordo Ortográfico da Língua Portuguesa de 1990, que entrou em vigor no Brasil em 2009.

Capa
Christiano Menezes/ Retina_78

Revisão
Valquíria Della Pozza
Márcia Moura

Os personagens e as situações desta obra são reais apenas no universo da ficção; não se referem a pessoas e fatos concretos, e não emitem opinião sobre eles.

Dados Internacionais de Catalogação na Publicação (CIP)
(Câmara Brasileira do Livro, SP, Brasil)

Sant'Anna, Sérgio
 O concerto de João Gilberto no Rio de Janeiro : contos /
Sérgio Sant'Anna — 1ª ed. — São Paulo : Companhia das Letras,
2014.

 ISBN 978-85-359-2501-2

 1. Contos brasileiros I. Título.

14-09859   CDD-869.93

Índice para catálogo sistemático:
1. Contos : Literatura brasileira 869.93

[2014]
Todos os direitos desta edição reservados à
EDITORA SCHWARCZ S.A.
Rua Bandeira Paulista, 702, cj. 32
04532-002 — São Paulo — SP
Telefone: (11) 3707-3500
Fax: (11) 3707-3501
www.companhiadasletras.com.br
www.blogdacompanhia.com.br

Sumário

Uma página em branco, 7
Cenários, 12
Dueto, 23
Lusco-fusco, 36
O recorde, 39
Na boca do túnel, 59
Almoço de confraternização, 90
O submarino alemão, 100
Projeto para a construção de uma casa, 121
O sexo não é uma coisa tão natural, 157
O concerto de João Gilberto no Rio de Janeiro, 164
Conto (*Não* conto), 212

Uma página em branco

Uma página em branco a oferecer todas as possibilidades, o papel aceita tudo. A angústia por haver todas essas possibilidades, não se toca ainda coisa alguma. Então escolher uma entre as possibilidades, o que traça um limite. Escrever é traçar um limite. Escolhe-se uma primeira letra, U; uma primeira palavra, UMA; uma primeira frase, título: UMA PÁGINA EM BRANCO.

Como se escolhe uma camisa, um filme, um itinerário de viagem, um partido político, incorpora-se um destino. Como se escolhe uma entre as mulheres possíveis e com ela se irá gastar os melhores anos da vida.

Pronto, está escolhido, tipos negros mancham agora uma página branca, comprometida, é só seguir o fio. Mas, que fio?

Está-se aqui, sozinho, sentado à mesa e colocou-se na máquina uma página em branco com todas as possibilidades possíveis. Como, lá fora, um universo cheio de vidas escolhíveis. Então que se encarne numa dessas vidas, vias, fios. Que se ponha lá entre as vozes, os gritos, os risos. Fazer o percurso das ruas, artérias, os bares, as favelas, a prostituição, os rituais, os crimes. Ou, quem sabe? — apenas permanecer numa casa, caixa, onde no quarto durmam crianças, no fogão haja um resto de comida e, na cama, esperando, certa mulherzinha.

De qualquer modo é preciso que entre os dedos, a mente, as teclas não se interponham mais do que uma membrana, um cordão líquido, umbigo. E, escorregando, outras palavras negras avancem mais na floresta do branco, teçam lá dentro o tal fio.

Um livro que, dentro de nós, já poderá estar escrito. Como se cada homem já nascesse com seu próprio livro.

Deixar pois o itinerário a este acaso necessário, predestinado. Que a mulher, a viagem, a estória e a História de certo modo o escolham, ao invés de serem escolhidas. Livrem-no de escolher por si mesmo entre todas as hipóteses do possível. E libertem-no de qualquer possibilidade porventura escolhida.

Apropriar-se deste espaço, então, que já era o seu espaço, circunscrevê-lo como quem engaiola um pássaro, ou como um arquiteto que começa a erguer a casa que há muito, dentro de si, inconscientemente, preexistia. Ou como se prende entre as pernas a mulher que já se entrevira. Põe-se o gemido, o amor, onde antes era o oco, o desejo.

Prender esta mulher por instantes, atravessá-la, fazer-lhe um filho, apressar-lhe o processo da morte, que de qualquer modo seguiria. E são assim os gestos percorridos: rompem o branco das páginas, aprisionam o vazio. Cometer um incesto, um poema e, ainda que no papel, um crime.

Mas será a vida um espaço articulado? E os atos, limitam-na ou ampliam-na? Talvez nada possa ser melhorado. Arte alguma criar melhor que o mundo. E se há limites, são os nossos próprios limites. Então escrever, talvez, a palavra mínima, que não encerra o vivido e antes o abre para o infinito.

E olha-se agora, em torno, e vê-se que também ao espaço além da página, à parede, ao quarto, houve a necessidade de

acrescentar cartazes, enfeites, uma esteira com retratos prega-
dos, mostrando aquilo com que se iludiu o correr da vida. Ao
tijolo se acrescentou cimento, que depois se pintou de branco,
para de novo introduzir as cores. No lote vago se cortou o mato e
depois ergueu o prédio e agora, no quarto de apartamento, vasos
pendem dos ganchos. Plantas caem do delimitado, como se a
fingir que a natureza também aí se encontra, mentira. Quando
é lá fora que corre a vida sem qualquer limite.

Na fumaça dos cigarros, no veneno desses projetos de livro,
as plantas sentem, e murcham. E o que sobra é um quarto com
cartazes, enfeites, um monte de folhas borradas, rascunhos. E
uma estante cheia de livros. Quantas histórias já terão sido escritas? Apesar da sensação em contrário, um mínimo das histórias
possíveis.

Através deles, os pacotinhos impressos, de capas coloridas,
acumulou-se um simulacro de vida e agora, pensa-se, se está afinal preparado para preencher o próprio espaço, página branca,
seu livro, seguir o fio.

Uma gota de suor pinga agora do rosto sobre a página e é
este, talvez, o melhor recado o que mais verdadeiramente sai
do corpo: uma gota de suor que é a letra impressa da dúvida,
impotência, desespero. E que pinga sobre estas primeiras duas
páginas e tanto, a respeito de uma página branca, o que não é
dizer coisa alguma. Como depois de algum tempo, talvez, nada
signifiquem o itinerário da viagem, o partido político, a mulher
escolhida. Depois do amor, o tédio, o ronco, o olhar mesquinho.
Depois da vitória do partido, o guerrilheiro engordando atrás de
uma escrivaninha.

Rasgar então a página, cancelar o compromisso, abandonar
o partido? Com esta mulher, este livro, se desperdiçariam meses,
anos de vida. Mas pode haver de verdade desperdício? Quantos
projetos de livros foram assim para a lata de lixo, iguais aos filhos

abortados ou simplesmente não concebidos? Muitos monstros possíveis, certo: um vampiro, um ditador, um personagem postiço. Mas com certeza algum aventureiro, uma bela mulher, um santo, um poeta maldito. Enredos possíveis de uma vida, um livro. Um livro de enredos, um livro de textos.

E de que vale rasgar as três páginas a respeito de uma página em branco? Nada existe a ser destruído. Existirão bilhões de outras páginas, com todas as possibilidades possíveis.

Deixa estar, pois, as folhas brancas — ou estas três páginas e pouco — e rasga apenas antigos rascunhos, os cartazes, os retratos, o passado. Retire os vasos, devolva a terra para onde houver mais terra e germine. E, quanto aos livros, não cometa o ato imbecil de queimá-los, atirá-los pela janela.

Seja prático, leve-os ao Sebo, venda-os por qualquer preço e depois, com o dinheiro, toma um porre. As loucuras e fantasias que passarem pela cabeça durante esse estado serão como fluidos, resumos, de todos estes livros. Como histórias que deles houvessem saído, para fazer um livro novo, um só livro, um livro de textos.

E quando se chegar em casa, não se terá mais nenhum livro. Há somente a cadeira e a mesa, a máquina, num quarto de paredes nuas, dentro do qual se tateia, se pensa, este livro.

Esta ideia de livro, que se avalia, nestas três páginas e meia, que não cumprem sozinhas função alguma. Nesta terceira tentação e meia, de rasgá-las, voltar ao branco de possibilidades não escolhidas, infinitas, não há limites, agonia. Voltar ao zero, ao antes, todas as mulheres, partido, viagens, histórias possíveis.

E quando se acordar, de ressaca, e se perceber que não há na casa mulher, planta, retratos, cartazes ou livro e começar-se a se arrepender com tal pobreza, consola-se com o irremediável, saber que seguir para trás é impossível.

Restarão ainda no quarto a máquina, a mesa, a cadeira, as

quatro páginas e pouco, a respeito da página branca, coisa nenhuma.

Então é preciso seguir o fio. Renovar a frase com outra frase, o amor com um beijo novo, apenas depurar o partido. Ganhar um páreo com um cavalo que na largada quase havia caído.

Mas, ainda, que fio?

E por que não um livro com várias possibilidades, vários fios? Como se o cavalo, recuperado no páreo, galopasse em muitas pistas, destinos.

Um livro de textos, vários livros, vários fios.

Cenários

Um fio d'água caindo de um esgoto sobre um córrego da Baixada cheio de bolhas pestilentas, onde um rato passeia sobre um cadáver algemado e degolado cuja cabeça, com cabelos soltos, lisos e grossos, de índio amestiçado, pertencendo a um desses homens que perderam sua raça e não encontraram outra — e por isso, talvez, buscava a si próprio nos crimes —, pende ela do corpo também apenas por um fio, boiando numa correnteza quase imperceptível e à espera de que, com o calor e o roer do rato, possa desprender-se do corpo e descer rolando, vagarosamente, esse arremedo de rio, encalhando aqui, soltando-se novamente ali, como a última marca de um homem cuja falta nunca será sentida, devorado até a última migalha pelos vermes e, mais adiante, pelos peixes que resistiram a tanto lixo, mas que persiste, ainda, esse homem, como se quisesse fazer valer até o fim sua presença, em desprender do crânio durante as noites de lua um fogo-fátuo, diante do qual as pessoas se benzem e fogem espavoridas?

Não, não é bem isso.

* * *

Numa cidade do interior, perto das montanhas, a casa de um poeta ascético que escreve a lápis poemas descarnados e tomando como tema a ondulação dos próprios morros, o espaço entre eles, a chuva, os animais e os homens que ali vivem? Um poeta magro, já um pouco envelhecido, os dentes manchados de nicotina e que olha agora da janela uma chuva de gotas grossas a cair ritmicamente sobre um telhado de zinco, e ele, o poeta, com o lápis na mão suspensa hesita em manchar com qualquer palavra esse momento branco na tarde cinza?

Quando, de repente, escuta-se tocar um sininho e ele vai abrir a porta e vê diante de si uma adolescente de cabelos compridos a baterem abaixo dos ombros queimados de sol sob um leve vestido branco em que a chuva marcou a ponta dos seios? E que afasta com naturalidade o poeta do seu caminho, deposita no chão uma sacola enlameada de uma viagem desde muito longe e depois, tremendo ainda de frio, arranca pela cabeça o vestido e durante um pequeno instante o poeta a vê assim, com o vestido a cobrir o rosto, antes de sair pelo pescoço alongado, que vai dar num colo em que se agitam dois seios durinhos e, mais embaixo, uma cintura, o umbigo e um sexo ligeiramente entreaberto em penugens, quando ela logo depois aconchega-se a ele e diz: "Toma, sou tua"?

Não, não é bem isso.

Um apartamento de fundos, na Zona Norte, talvez perto da praça Saenz Peña, com um cheiro característico que não é bem de mofo, porque não há mofo, e antes parece vir de vestidos guardados no armário, talvez com naftalina? Ou talvez um cheiro que apenas se imagina, por causa de um sofá forrado com plástico; por causa de plantas que jamais recebem o sol; por causa de caixas de sapato com joias falsas e velhas cartas; por causa da solidão; por causa de um retrato antigo na parede mostrando um homem de terno escuro e bigode e que agora nada tem a ver com isso? Um apartamento onde, agora que as luzes se apagaram, baratas arriscam-se a sair de sob a geladeira para lambiscar um biscoito que a mulher velha comeu apenas pela metade de puro fastio e foi tomar na banheira um banho de sais e espuma, para depois perfumar-se diante do espelho, ajeitar o cabelo ralo, escorrido, e depois vestir uma camisola negra e deitar-se? E ali, na cama antiga, de madeira trabalhada, abrir os braços para, como se vindo por encanto, de parte nenhuma, surgir sinuoso um gato branco e aninhar-se voluptuosamente em seus braços?

Não, não é bem isso.

Uma garotinha de oito anos tão ajuizada que os pais a deixaram sozinha em casa e foram ao cinema, sabendo que ela iria preparar o uniforme da escola para o dia seguinte e depois beber um copo de leite, ajustar o despertador e — cumprindo a promessa de não ver televisão para não excitar-se — ir para a cama onde começa imediatamente a ouvir ruídos que parecem vir de dentro de casa e, em vez de fechar o armário onde flutuam vultos de pessoas muito ruins, cobre-se até a cabeça e está com tanto medo que escapa numa fração de segundo para um sono onde pode ser que sonhe que é dia do seu aniversário e ela ganhou uma bicicleta de presente?

Não, não é bem isso.

Balcões de fórmica e vidro, guardando lá dentro, expostos como em vitrines, empadas, pastéis envelhecidos, salsichas e linguiças boiando no molho, ovinhos de codorna, peles de porco, torresmo? E sobre o balcão um cálice contendo um restinho de cachaça? Tudo isso enquadrado, por exemplo, num retângulo mágico, cinematográfico: nacos de carne sebenta nadando na gordura e, passeando na face externa do vidro, moscas, muitas delas? Essas moscas em primeiro plano, como se pousadas na própria tela, então, da moviola? E um cineasta que mixa, agora, um fundo sonoro que é apenas o zumbir e esvoaçar — intensificados, distorcidos — dessas moscas? E que poderá levar o espectador a um medo vago, indefinível e à náusea?

Não, não é bem isso.

Uma vitrine sofisticada, na Quinta Avenida, em Nova York, onde um casal de manequins vivos, humanos, compõe um ambiente em que a mesa do jantar está posta e eles degustam muito lentamente um peru assado e vinho tinto, enquanto lá fora, sob a neve, na antevéspera do Ano-Novo, vagabundos se amontoam contra o vidro da vitrine, hipnotizados pelo clarão crepitante da lareira, ao som de um violino tristíssimo, melodramático, que um mendigo cego toca mais adiante e que se interrompe bruscamente no momento exato em que o frio gelou uma lágrima nos olhos de um estrangeiro que a tudo acompanha a uma distância cerimoniosa e que agora aplaude, sobriamente, quando a porta de ferro é descida, para fechar a vitrine e a loja e dispersar os vagabundos como se tudo não passasse do final melancólico de um espetáculo de terceira categoria num teatro?

Não, não é bem isso.

Uma outra loja, agora, numa capital provinciana da América do Sul, em cuja porta um homem sobre duas imensas pernas de pau e trajando calça vermelha, casaca florida e uma cartola anuncia ao megafone a liquidação total do estoque da casa?

Enquanto lá dentro, junto aos balcões, num vozerio que se mistura ao som do megafone, freguesas se empurram, disputando as peças: sutiãs, calcinhas, roupas de banho masculinas e femininas, meias, jeans falsificados, camisetas com inscrições diversas?

O momento captado em que sai da loja um crioulo sem dentes, calçado com sandálias havaianas e usando uma camiseta que acabou de comprar e onde se lê: UNIVERSITY OF CALIFORNIA?

Não, não é bem isso.

E uma casa, depois, no final da tarde, onde o mesmo homem da perna de pau acabou de chegar num desses ônibus que rangem por ruas recém-abertas nos subúrbios?

Acompanhá-lo, então, nesse instante em que ele abre a porta e deposita junto ao armário o megafone e as pernas de pau, que trazia sob os braços, para depois beijar a mulher e os filhos?

Brincará ele com os filhos? — é um pensamento que nos passa; ensinará a eles os segredos da profissão?

E presidirá ele solenemente, à cabeceira, a mesa do jantar, ainda vestido com as roupas do trabalho, inclusive a cartola?

Não, não é bem isso.

Um espião da madrugada, *voyeur* insone que, de binóculos em seu apartamento, aguarda os retardatários da noite, os casais de bêbados, certo de que assistirá, no mínimo, a uma cena como esta:

Um homem trajado a rigor, por causa de uma *première* de

teatro, e uma mulher loura de vestido longo, muito branca? E pela posição de ambos, um em cada canto do quarto, e ainda pelos gestos, saber-se-á que discutem? E imaginar-se-á que discutem por causa dos vapores da noite, quando ele, embriagado, terá dito coisas ao ouvido de outra mulher? E que ela, só por vingança, se terá deixado apertar por um desconhecido quando dançavam na boate em que estavam?

— Cafajeste! — estará ela gritando?

— Puta! — dirá ele por sua vez antes de dar-lhe uma bofetada que a joga sobre a cama onde ela cai em desalinho, o vestido levantado até as coxas? E, desvencilhando-se rápido daquelas suas calças justas de homem fútil da noite, atira-se ele sobre ela, que, enraivecida, em vez de se defender com socos se deixa possuir sem um gesto, os braços e as pernas abertas, ofendendo-o assim, como se fosse mesmo uma puta?

E ele, o *voyeur* insone lá de cima, trêmulo com seus binóculos, o coração disparado na taquicardia, não estará certo ao apostar que eles gozam muito desse modo, que é o modo de todos eles três, reis da noite, os que fazem o espetáculo no apartamento mais abaixo, e ele que tudo observa em seu camarote, entusiasmado?

Não, não é bem isso.

E sim um outro palco; desta vez um palco mesmo, de verdade, mas despido, porque o diretor da peça queria justamente isso, um palco que fosse apenas palco, do qual se teve o cuidado de retirar primeiro uma árvore seca e um sol de papel, que eram as duas únicas peças do cenário, e depois as cortinas, interruptores e até mesmo escadas e baldes, uma vassoura, que ficavam atrás de um outro pano no fundo de tudo e que também foi, este pano, retirado? De maneira que o que subsiste na obscuridade é um fundo fundo, e a luz que um projetor joga agora naquele espaço é apenas suficiente para iluminar, como se pairassem, destacados, sem solo ou cercanias, dois atores que, vestidos em andrajos, entraram em cena sem que ninguém percebesse e recitam então as primeiras falas de um texto de Samuel Beckett? Não, não é bem isso.

Uma galeria em Copacabana onde numa sexta-feira à noite bêbados, traficantes, prostitutas, bichas, policiais, bandidos confraternizam numa tremenda zorra, elevando suas vozes para contraporem-se aos ruídos que vêm da própria galeria e dos prédios vizinhos; ruídos também dos carros e motocicletas que passam sem interrupção; buzinas que de repente atroam para alguém que quase foi morto ao pisar uma esquina — uma confraternização que a qualquer momento pode dar lugar ao assassinato? E ali, naquela galeria, o cinema acanhado, uma pequena sala de espera com uma escada para baixo, onde numa sala de projeção subterrânea nem o gerente ou o porteiro se deram conta de que o último espectador já foi embora há muito e desenrola-se para ninguém um filme japonês premiado em festival e programado para uma única sessão, à meia-noite, e que mostra agora na tela um menino e um velho, avô e neto? E que depois de uma longa doença o velho vai morrer e o menino o levou para uma colina onde desliza entre as pedras um fio d'água, executando uma sinfonia harmônica na combinação de som e silêncio no percurso dos vazios naturais entre as pedras, a terra e o mato? E quando o menino se inclina para perguntar no ouvido do avô, mais para seu próprio consolo, se existe qualquer coisa além da morte, o velho nada responde e simplesmente sua cabeça pende para o lado, morta, e então o menino desce para casa e, no entanto, persiste ainda na tela para os olhos de ninguém, de nenhum dos dois personagens, uma última cena que é ainda aquele curso d'água que desce entre as pedras e o mato, numa composição de sol e sombra que se projeta numa tela para a sala deserta, como se também ali a paisagem subsistisse na ausência ou morte?

Não, não é bem isso.

Uma cela de triagem num distrito policial onde um garoto, depois de ter cometido seu primeiro assalto, foi jogado durante a madrugada e está de pé entre corpos deitados e procura não fazer nenhum ruído para não acordar nenhum daqueles homens, pois quer para si um intervalo em que possa preparar-se para o dia seguinte, quando sabe que o examinarão com os olhos e provavelmente o disputarão no braço e isso é uma coisa que ele nunca poderá aceitar e, apesar de frágil ali entre outros muito mais brutos, concentra-se para lutar até a morte, mas em sua cabeça teima em vir a recordação de quando ele era ainda muito mais garoto e viu pela primeira vez matar um porco e ele então soubera que uma vida, às vezes, era extremamente difícil de se extinguir, entre grunhidos apavorantes e um debater-se convulso de músculos e nervos num animal preso por todas as pernas, como se fosse explodir, arrebentar por dentro, tanto é que seu corpo tremia ainda depois de morto e ele, o garoto, soube logo em algum ponto dentro de si que nunca mais poderia ser o mesmo conhecendo esse segredo de que no caminho de qualquer coisa viva de repente poderiam abater-se a tragédia e a dor, não importando fosse a gente um porco ou um homem e que agora chegara para ele esse momento?

Não, não é bem isso.

Então uma dor, agora, vista e sentida não mais de fora e sim por dentro, como se aquele porco nos prestasse seu depoimento que talvez fosse semelhante ao de um homem, por exemplo, a quem se tortura com um instrumento cortante sobre uma chaga viva e a dor é tão intensa que ele se surpreende como uma dor pode ser tanta e percebe pela primeira vez a exatidão da expressão "dor aguda" e, ainda assim, com a capacidade infinita que possuem os homens de se superarem e expandirem nos piores momentos ele se vê a pensar, enquanto se retorce e grita, que também só agora compreende toda a extensão do que é estar vivo e "ser" humano: uma espécie de nervo?

Não, não é bem isso.

Mas algo, agora, bem mais quieto e manso e, no entanto, de uma melancolia tão profunda, que porém não se afirma ou explica e é mesmo muito bonita e, entretanto, apenas isto: um balcão de lanchonete numa madrugada americana de 1942 entrevisto de fora, através de um vidro, e onde se percebe, em primeiro plano, um homem sentado de costas para a rua, vestido de terno e chapéu e que, silencioso, concentra-se na comida ou bebida que está diante de si e que não podemos ver, como vemos, por exemplo, à direita, no espaço interior do balcão, um homem de uns cinquenta anos vestido num uniforme branco de balconista, inclinado para lavar na pia algum copo ou prato que também não vemos, como podemos ver, por exemplo, um casal do outro lado, este sim, quase de frente, na parte esquerda do quadro, porque estamos é diante da reprodução de um quadro, e que apenas olha fixo, em frente, esse casal, tipicamente americano, um homem de trinta anos aparentes, também de chapéu e terno, e a mulher, loura naturalmente, e não se falam ou tocam, como se tudo já fora gasto nessa noite e apenas estão ali, eles quatro, madrugadores, boêmios (*Nighthawks*), vistos algum dia pelo pintor Edward Hopper, uma espécie de realista ortodoxo, e, entretanto, talvez por isso mesmo, o que acaba por saltar dessa realidade é uma matéria de sonho e um sentimento que se nos passa e temos quase vergonha de chamar pelo nome tão comum — solidão — e que vem principalmente desse silêncio visto num quadro e das pessoas imóveis e também das cores que o pintor num dia qualquer deve ter perguntado a si mesmo, misturando as tintas: qual seria a tonalidade justa para uma rua completamente deserta iluminada apenas pela luz de uma lanchonete onde quatro pessoas cumprem os ritos vagarosos de uma pequena refeição e dos pensamentos incomunicáveis, quase

solenes, daqueles que, mesmo próximos uns dos outros, estão absolutamente consigo mesmos?

Não, não é bem isso.

E sim, talvez, finalmente, um outro homem sozinho em seu apartamento e que procura escrever nesta noite um texto, buscando palavras para cenários talvez por palavras indizíveis, mas como se sua tarefa fosse esta, buscar o impossível, mostrar uma realidade que escapa das nossas mãos como um sapo e sempre se coloca mais adiante; a realidade, por exemplo, que existe num quarto quando ninguém se encontra dentro e, entretanto, uma atmosfera qualquer, como um raio de sol a penetrar oblíquo naquele espaço e atingindo em cheio algo tão singelo como uma meia esquecida no chão? E lembra-se este homem que escreve, agora, de um quadro que viu há muito tempo em Chicago, do qual saltava esta melancolia de uma rua na madrugada e quatro solitários lá dentro de uma lanchonete chamada Phillies e, no dia seguinte, com a obstinação dos maníacos corre à Livraria Leonardo da Vinci num subsolo da avenida Rio Branco, no Rio de Janeiro, e lá, suando, como se estivesse à beira de encontrar a resposta para algo muito importante, revira o balcão de livros de arte norte-americanos e acaba por achar num deles a reprodução desse quadro de Edward Hopper, mas infelizmente em preto e branco, quando ele sabe muito bem que aquela sensação que teve ao ver o quadro vinha sobretudo das cores, algum tom azulado, mistura da cor da noite com o prateado da luz; esse tom que deverá existir no original e que é precisamente o que este escritor busca para si e que se encontra sempre mais além, talvez porque não caiba em palavras, e sim nas obras dos pintores raros que conseguiram captar o tal momento, o tal cenário, a tal cor, que é aquilo que estamos sempre desejando para as palavras, escrevendo, para logo depois saber que não, não é bem isso.

Dueto

1. *Cavalgando a ele, homem, igual mulher dos afrescos de Pompeia, entretanto sou também mulher do meu tempo: posso estar lado a lado, por baixo dele ou sobre ele, como agora, aqui. Cravando minhas unhas em seu peito cheio de pelos, sinto o tronco rígido do macho e sou frágil e poderosa como ele, quase um menino. Seu sexo tenho entre minhas pernas, de modo que sou eu a reger este dueto. Embora ele me acompanhe, os movimentos são meus, sobretudo, e daqui a pouco posso estar extenuada, mas antes gozarei com toda a força do meu corpo, usando dos segredos que aprendi em noites desperdiçadas de amor. Noites em que os líquidos depressa se esvaíam, como se os objetivos humanos fossem apenas os da reprodução.*

Agora, não. Como égua domando e cobrindo o seu cavalo, posso dar-lhe rédeas ou, ao contrário, trazê-lo no freio para seu próprio benefício. Sim, meu homem, quero-o relaxado, mas às vezes tenso, alternando um e outro, contraponto. Por isso mantenho-o preso, de modo a tornar impossível que seu sêmen fertilize campos de vácuo, quando não estou ainda preparada. Enquanto isso, gos-

to de ver como me olha, toda a força do seu desejo, quase uma raiva. O modo como agarra desesperadamente os meus seios e depois os ombros, erguendo seu corpo e o meu, buscando uma penetração impossível, que alcançaria os próprios limites onde a mulher se confunde com abismos vulcânicos. Como se quisesse mais e mais, este homem. Cópulas que gerariam seres nietzsecheanos, próximos aos deuses. E também eu gostaria que seu sexo fosse duas vezes maior. Ou fosse o corpo inteiro do homem a entrar-me, agora que alcancei este momento primeiro em que o prazer é realmente indistinto do corpo e da mente, não separa a carne do que lhe existe por dentro; este momento para o qual é preciso preparar-se com anos e anos de erros, mas que, sim, justifica todos os erros. O instante em que a mente também é carne – e a carne, o próprio prazer. Então eu digo, como uma prostituta: "Gosto de sentir você duro dentro de mim, amor". E sei que este seria o momento exato para gerar um filho.

2. O que eu buscava nela, talvez, era este não envergonhar-se absoluto. Entre a luz acesa ou apagada, ela a preferia acesa. Se nossos olhos às vezes se fecham, buscam apenas não nos distrair com múltiplos sentidos. Os ruídos dos corpos, porém, não nos amedrontam. Nós os preferimos ao disfarce da canção melodiosa, modulada, que estaria ao alcance da mão, nos interruptores sobre a mesinha de cabeceira.

Luzes avermelhadas de motéis, misturando requinte falso e pecado. A fascinação e a verdade das transações clandestinas, quando homem e mulher só têm a oferecer um ao outro o seu desejo. As palavras românticas são mentirosas, o amor dentro da lei é impraticável, as proibições nos obrigam a desobedecê-las. Mesmo durante a noite vivemos de dia, não desejamos a escuridão que nos tornaria indistintos. Não se fecham as portas dos banheiros, não há vestíbulos.

"Gosto de você duro dentro de mim, amor."

O que eu buscava nela, talvez, era esta obscenidade pura das palavras ou do corpo a abrir-se neste quarto cheio de espelhos. Posso vê-la diante de mim – sentada sobre o meu corpo – mas ao mesmo tempo seu perfil e suas costas, ancas, como num quadro cubista que não descompusesse a anatomia. A coxa está perfeita sobre a coxa, dos pelos escorre o orvalho, assiste-se ao entra e sai de um corpo e outro. Somos simultaneamente atores e videntes de um sonho, pornográfico justamente por mostrar o que costumamos temer, animais.

Somos dois e muitos nesta casa de espelhos, como num parque de diversões, só que os espelhos não nos deformam, não nos fazem cômicos. Podemos rir, mas de nossa audácia desprendida. Acender um cigarro durante a cópula e discorrer sobre banalidades, somente para retardar o fim.

O que eu buscava nela, talvez, era esta audácia, como seu eu me fizesse mais homem nesta submissão contrária aos hábitos masculinos. Não fui eu, hoje, a fazer a corte ou a desnudá-la; não fui eu a guiar os corpos ou o carro em que viemos ter aqui.

3. O carro dela era um velho Volks, apertado como todos os Volks. No banco de trás estavam espalhados livros, cadernos, anotações de aulas. Depois da aula noturna na universidade eles iam para lá, o *drive-in* com panorama de toda a cidade. A cidade era feia, mas dali, à distância, era igual a todas as cidades grandes durante a noite.

O desejo forte de quem comete uma espécie de crime: ele era o professor casado e ela, a aluna, e esse tipo de crime exigia todo um ritual de álcool e mais álcool, a vencer as resistências e os remorsos. Mas se não houvesse o pecado, as resistências e os remorsos, não haveria também o desejo tão forte de correr o risco de subir aquela autoestrada unindo duas capitais, a noite de inverno fazendo-os tremer de frio ou de medo. Então bebiam um primeiro copo e apenas conversavam, como amigos, somente as mãos se tocando, como namorados adolescentes e tímidos. Desses que se gostam extremamente quando cada um em seu quarto; desses que se julgam capazes de morrer por tal amor, abrir o gás para suicidarem-se juntos, enlaçados. Mas também desses que se mostram incapazes e desajeitados para realizar os gestos apropriados quando juntos.

E a realidade, agora, incluía a mulher e os filhos dele a esperarem-no em casa, depois da aula. A realidade incluía, por parte dela, uma família de capital provinciana a esperar um casamento adequado para a filha. A realidade incluía um carro velho e sem espaço, pneus carecas, um farol quebrado, a Polícia Rodoviária. A realidade incluía um garçom a servi-los com uma bandeja e os preços caros dos locais de encontros semiclandestinos. A realidade incluía o desejo, muitas vezes, de estar longe dali e viver uma vida sem complicações.

A realidade tinha de ser vencida com álcool e, pouco a pouco, as mãos de cada um ousavam muito mais e as luzes da cidade se misturavam à neblina e eles tornavam-se alegres e obscenos. Se no princípio eram beijos e carícias na testa, nos cabelos, como quem busca apenas a ternura, depois o que as mãos queriam era o prazer sem disfarce, os dedos dela segurando com força o sexo dele; as mãos dele que faziam descer a calcinha dela e isso era extremamente excitante, as roupas baixadas não na intimidade de um quarto, mas ali num carro entre carros, o espaço aberto em precipício e as luzes da cidade lá embaixo. E o mato, por toda a parte, de onde, de repente, como se a justificar todas as culpas, podia surgir um bandido que violentava as mulheres, depois de matar os homens e os roubar, como contavam os jornais. Ali, onde à passagem de um garçom, os casais procuravam compor-se dentro dos carros, para depois recomeçarem um ciclo que só poderia apaziguar-se no gozo completo. Um ciclo que agora incluía cabeças curvadas para poderem alcançar com a boca o reduto mais escondido um do outro, aquilo que um homem e uma mulher buscam entre si e continuarão a buscar pelos tempos afora. Um ciclo que do medo desaguava no álcool e este num relaxamento que admitia o prazer, que, uma vez concedido e não completado transformava-se numa dor intensa que tinha de ser acalmada e, aí, nada mais se assemelhava ao amor de que tratam os folhetins e as novelas, mas sim aos filmes naturalistas, os desejos dos bichos. E neste instante o que um homem podia fazer – dentro do espaço apertado de um carro – era pedir à mulher que se sentasse em seu colo e, assim, como se sua saia fosse uma barraca a cobri-los, ele estava com o sexo todo dentro dela e agora gemia de prazer e seu corpo era só isso, uma convulsão, e ele gostava que fosse mesmo assim: sem necessidade de mais conversas sobre livros, filmes, viagens; sobre a família de um e outro; sobre a pretensa poesia desses amores proibidos; sobre as precauções que deviam tomar. Ele e também ela gostavam que fosse assim: o sexo duro dentro da umidade dela, os movimentos agora totalmente fora de controle, de maneira que ainda que aparecessem o garçom, o bandido ou a polícia, ninguém os deteria no rumo do esvaziamento daquele prazer e daquela dor; no caminho para o vácuo que se abriria dentro deles, quase uma depressão, mas principalmente um cansaço que levaria cada um à sua casa, onde dormiriam até um novo dia, quando mais uma vez aquele ciclo de paraíso e inferno haveria de recomeçar.

4. A primeira vez dela tinha sido também dentro de um carro e este fora um dos grandes passos na necessária escalada de erros, que vinha desde os prazeres solitários e culposos até as mãos brutas do primeiro namorado. Mas toda mulher tinha sua primeira vez que, frequentemente, podia chegar não escolhida

ou, então por demais premeditada. De modo que, de repente, eis que uma mulher está dentro do carro de um homem e sente medo e deseja saltar para fora e retornar para sua casa e à infância e esperar por um homem que realmente a quisesse inteira, como nas histórias, e não um conquistador qualquer a fazer de sua maior arma uma capacidade sem limites para os gestos que mistificam o amor. Mas são justamente estes os que possuem a audácia de aproximarem-se delas no momento certo em que se encontram diante da sua maior hesitação: a de se tornarem mulher. Eles se aproximam do modo como chegam os insetos hipnotizadores às suas presas. E estas, uma vez escolhidas, por mais que desejem dar as costas e correr, todo gesto torna-se impossível e antes dá lugar a uma resignação absoluta, a um conhecimento de que a dor é necessária como antecâmara; de que o erro é imprescindível à descoberta e de que este homem que se tornará, depois, desprezível à sua memória, abrirá caminho para aquele que, em algum ponto do futuro, a aguarda.

E então, chegados a uma esquina erma ou a uma curva de estrada ou às proximidades de uma praia deserta, um homem excitado explora o corpo de uma mulher que treme, de uma fêmea que ora está úmida, ora está seca; que ora diz *sim* (pois tudo isso é necessário, nem que seja para abrir-se ao mundo) e ora diz *não* (pois parte dela, mulher, anseia por um amor que seja galante e absoluto). Este homem, dentro de um carro, chegou a um ponto em que, com o corpo já deitado sobre sua presa, esmaga até a sua respiração. Esmaga qualquer possibilidade de prazer ou ternura. Por isso talvez se diga que *os homens comem as mulheres.*

Mas, de qualquer modo, pernas abrem-se o suficiente para que ali penetre um sexo e rasgue a ela, mulher, entre sangue e lágrimas. Rasgue-a fundo no corpo e no coração, ela sabendo que avançou um degrau na sua escalada para o crescimento, o desabrochar, o envelhecer, a morte. E, neste momento, ela odeia a ele, o bruto, e também a todos os homens. Mas, em algum ponto escondido do seu ser, em poros que escapam àquela dor que a faz arder entre as pernas, está também um amor latente e um agradecimento, que tanto podem destinar-se a este homem, esmagando seu corpo, como a qualquer outro ou, principalmente, um amor por ela própria, desabrochada que estará, quando cobertas parcialmente suas cicatrizes.

5. Conhecendo essas cicatrizes, que poderiam reabrir-se de repente em feridas, eu procurava amá-la ternamente, como ensinaram ao menino que um homem devia ser para sua mulher: carinhoso, macio, como se se tratasse de uma boneca muito frágil. Temendo machucá-la, eu, sobre seu corpo, no entanto sustentava meu próprio peso com os braços sobre o colchão, evitando sufocar na angústia o prazer que ela pudesse ter comigo. Como todos os inseguros, eu temia não dar a ela este prazer. Então, muito de leve, deixando que meu corpo antes a roçasse do que a apertasse, eu estava dentro dela, beijando-a num ato simultâneo, como os casais mais ortodoxos. E era preciso repetir-lhe o tempo todo que a amava, como se as mulheres só pudessem ser possuídas com o total convencimento daquilo que se convencionou chamar de amor. E ela suspirava muito baixo, de olhos fechados, como uma donzela tímida, para quem o corpo é mais uma concessão do que um desejo. Sim, ela era pequena e frágil, mas, subitamente, podia retorcer-se na cama e gritar que a apertasse mais e mais, como um animal furioso ansiando por brutalidade.

6. *Muitas vezes nem chego a gozar, mas simulo para ele, como a mais experiente das putas. O meu prazer é vê-lo perdido em mim, ansioso, desesperado. Talvez por isso se diga que "as mulheres dão para os homens". Ele querendo cada dia mais e mais, não podendo olhar-me sem que logo queira arrancar-me toda a* *roupa. Pedindo perdão diante de qualquer ameaça de que eu possa deixá-lo. Obediente, perde aos poucos a alegria, a vitalidade, a independência, tudo aquilo que me fez gostar dele um dia. Mas é isso quase sempre o que desejamos do amor: sufocar a vitalidade que do outro emana, a alegria selvagem do indomado, aquilo que invejamos. Até deixá-lo vazio, aniquilado, coisa alguma. Para então acompanhá-lo por rotas conhecidas, num passeio de tédio.*

O que importa a nós, mulheres, se muitas vezes não gozamos? O amor é muito mais do que isso: pode ser dádiva de graça, mas também Narciso e Poder. Sentir-se necessária àquela outra carne, que já subjugou a própria mente. Sentir por ele, por causa disso, a ternura da mãe por um filho que dela depende inteiramente. Então é como senti-lo, este filho, retornando para dentro de nós. O tempo em que ele "era nós". Mas também sentir o líquido que ele nos deixa, mesmo num dia em que estávamos cansadas, passivas. Um líquido que pode gerar outro filho, que ele, Caim e Édipo, já teme.

Oh, como eu gostava, em nossos inícios, sair para a rua depois que o deixava e, de vestido, sentir o vento alisando minhas pernas. Saindo de hotéis às vezes sujos e baratos para o sol e a liberdade das ruas. Mas a marca dele, ali, a escorrer de dentro de mim para as minhas coxas, até secar-se pelo vento.

7. O ódio me tomava por não poder mais prescindir dela. Ela era igual ao ar, à água, a única coisa que me importava, a mim, um maníaco inútil, que se despreza. A raiva que os dois acumulávamos por estarmos o tempo todo juntos, com nossas pequenas e imensas imperfeições a tornarem-se mais evidentes todas as vezes que os corpos haviam gozado e não restava qualquer lenha a queimar.

Então, para ressuscitar em mim o desejo, a vida, eu a preferia assim de costas, sem vê-la no rosto, sem qualquer possibilidade de ternura. Eu me concentrava em meu egoísmo, como se o prazer saísse apenas de mim próprio. E pouco me importaria se ela gostasse ou não. Mas sim, ela gostava, podia-se perceber como também era perversa, como todos somos perversos. Desejando-nos uns aos outros como se não passássemos de uma refeição feita às pressas, como trabalhadores comendo em botequins. Uma refeição boa.

Aquelas carnes firmes e macias, aquelas ancas, como cavalo e égua. Não há pessoa, só mulher-corpo, nossas mentes separadas de um modo tal que ela poderia estar examinando as unhas ou pensando num vestido ou em lavar panelas. Ciente, apenas, em algum pequeno reduto do cérebro, daquele formigamento, um pequeno ataque dos nervos a começar entre as pernas. Enquanto eu, beijando e mordendo o seu pescoço, posso estar pensando numa separação, numa vida solitária, sem mulheres, buscando navegações masculinas como embebedar-me com outros homens em bares sórdidos.

Podia ser então assim, este vaivém em que as pessoas não se olham frente a frente, não se beijam, não se dizem palavras, porque tudo isso seria repugnante, falso, quando muitas vezes a única dignidade é calar-se. Pois hoje não nos amamos, somos apenas promíscuos, ligados pela carne, o suor, os cheiros de cada um.

Mas oh, como era bom desfrutar dessas potencialidades do egoísmo, quase do ódio. Como nos acalmava e por isso dormíamos em paz, como lutadores que se esgotaram. Dormíamos sem nos lavar, sem uma palavra, sem vestir as roupas, sem arrumar as cobertas ou preocupar-nos com uma cama suja. No dia seguinte, sem memórias, despertávamos completamente realizados.

8. O amor vai e volta, descrevendo órbitas imprevisíveis, como um planeta maluco ou um cavalo selvagem. E um dia, algum tempo depois, quando já estiverem numa casa, vivendo

juntos, ela se verá inteiramente absorvida em fritar um bife e ele perceberá, de repente, mais uma vez, que gosta dela nos menores detalhes. E depois ele está olhando para fora, pela janela, fumando um cigarro. Ela passa por ele e ele, simplesmente, lhe dá um tapa distraído na bunda e depois a puxa para si e a beija. Tão num impulso que nem chegou a perceber que lhe dera um beijo. E ela perguntando-lhe, apenas, modesta, como dona de casa (pois hoje é domingo), se prefere um bife mal ou bem passado? Ele depois se precipitando a ajudá-la, arrumando os pratos na mesa, pães e frutas nas cestas, percebendo como tudo isso tem sua cor e a sua beleza. E como também é bom isso, almoçar descalço, concentrar-se sem pressa na refeição de um dia que não é de trabalho. E depois deixar os pratos sujos, restos sobre a mesa, onde voam as moscas dos domingos de verão enquanto eles, sentados numa esteira, escutam uma canção qualquer, escolhida casualmente no rádio. Ele a acariciando com os pés, chamando-a para si, beijando-se os dois com a boca quente da comida que ainda não se tornou hálito pesado. Roupas leves, que escorregam sem nenhum esforço, pés sujos, nenhuma pintura nela, cabelos despenteados, nenhum cheiro que seja de sabão ou perfume, apenas eles próprios, num domingo, trepando lado a lado sobre uma esteira e almofadas, um vento que ora entreabre ora de novo fecha as cortinas. De modo que algum observador nas casas mais ao alto poderia vê-los de relance, como num filme mutilado. Assim: um beijo, um seio mostrado de leve, a mão que ora o aperta ora o afaga, e o acariciar de leve, por parte dela, do peito cabeludo do homem, o pequeno detalhe de uma bunda, coxas nas coxas, homem e mulher, úmidos, que escorregam um para dentro do outro, quase sem o procurar, sem a necessidade dela guiá-lo ou procurarem uma posição. Escorregam-se assim, como a água que corre para onde deve correr – e vão-se terminando maciamente até adormecerem deste modo, um ainda dentro do outro, como bichos na mata depois de uma tarde de sol e uma refeição farta. E nada – verdadeiramente nada – resta a ser desejado e seria bom morrer assim, igual a um sono, pois não há por que recomeçar quando se viveu um momento quase perfeito.

9. Pois o despertar implicava no recomeço de todas as coisas e não se podiam parar os ciclos do tempo. Então, depois de um período de intenso nervosismo, a mulher tinha seu fluxo e se apaziguava. Banhava-se duas, três vezes por dia, mas o sangue corria sempre. Ele a desejava assim mesmo, porque não tinha nojo de nada que viesse dela. Mas era ela a envergonhar-se das próprias emanações, como quem se envergonha de beijar com o hálito pesado das manhãs. Então nem chegava a desfazer-se da calcinha. No entanto, também ela não tinha nojo de nada que viesse dele; pelo contrário, ela o queria todo, como uma pervertida. E sugava o sexo do homem, até que ele estivesse prestes a explodir. Ela o fazia por carinho com ele, mas também por ela própria. E quando o homem, por delicadeza, tentava sair de sua boca, ela não o largava. Pois queria beber e bebia dele, e ele sentia que aquela era a melhor mulher do mundo, a que mais gostara dele (embora aquilo, o modo como uma mulher vai no sexo de um homem, pudesse ser interpretado por muitos modos de análise).

Mas o que interessava era que ele, vicioso, já chegava a ansiar por aqueles dias em que ela, atingindo o ápice do seu ciclo, depois de haver-se tornado chata, mesquinha, nervosa, soltava seu sangue para que tudo recomeçasse. E então, para não contaminá-lo, apenas o servia.

10. A vida de todos, no entanto, era invariavelmente composta de vens e de vais, como na cópula; de altos e baixos e havia

momentos ainda de mais distância um do outro que os da raiva. Os momentos de uma individualidade inatingível, o homem ou a mulher fechados na concha de seu orgulho e egoísmo. Então, enquanto um deles dormia – ou fingia dormir –, o outro podia estar ali, os olhos abertos, nas divagações que permitiam tudo. Até que as próprias mãos encontrassem o próprio sexo: o ser preso em si mesmo, enquanto a imaginação decola, hermafrodita. E através das imagens no interior de cada um, tendo o outro a seu lado na cama, podiam passar outros rostos existentes ou inexistentes, como máscaras superpostas. Dessas imagens que só costumam materializar-se nos sonhos e que incluíam a imagem do outro, ali ao lado, distanciando-se ou aproximando-se, como rostos que um agonizante vê debruçarem-se para si.

E havia os momentos em que o rosto do outro fundia-se a corpo diverso ou, pelo contrário, era o corpo a unir-se a outro rosto, enquanto se travava, ali na cama, uma espécie de batalha solitária, em que às vezes a excitação atingia um ponto máximo ou, ao invés, um orgasmo tornava-se impossível, pela interferência proibitiva de alguma daquelas imagens. Mas, pouco a pouco, evitando despertar o outro, para não envergonhar-se, caminhava um deles sozinho para um gozo que podia nem mesmo tratar-se de uma traição, mas de mera preguiça de dividir-se, dar a participar, embora fossem do outro mesmo, muitas vezes, o rosto e corpo que, com a memória, se possuía, na mente até o último estremecimento solitário.

11. A dialética do inferno: amo-te porque tens algo que me falta e por isso possuis um poder que preciso a todo custo decifrar. Se este decifrar é lento, posso gastar uma vida toda nisso e então é vantajoso para ti manteres-te em silêncio, porque assim não te conheço e posso tudo imaginar. Então sou fiel a ti e o seria ainda que não o quisesse. Mas lá no fundo, latente, está o

ódio por esta vantagem que levas na luta. Uma vantagem que pode ser momentânea, pois, de repente, descubro alguma fraqueza tua, enquanto algum acaso em minha vida (como, por exemplo, uma outra pessoa a querer-me), faz-me crescer diante de mim próprio(a) e também diante de ti. Então agora és tu a temer-me, a estares pronto(a) a atender ao menor dos meus desejos. E se por acaso isso me causa maior tédio, tu te tornas ainda mais escravo(a). Porém, no meu orgulho, cometo o erro de acreditar-me incólume, enquanto tu vais travando tua própria batalha, atendendo às necessidades de sobreviver, de não seres aniquilado(a). E chega um dia em que eu, descansado(a), relaxando-me, fico na expectativa de que venhas até mim, como estou acostumado(a) e, subitamente, descubro em ti um sorriso vencedor, um sorriso seguro e sei que agora vou ter que lutar duramente para inverter esta posição.

12. *Cavalgando a ele (ela), homem (mulher), igual mulher (homem) dos afrescos de Pompeia, entretanto sou também mulher (homem) do meu tempo: posso estar lado a lado, por baixo dele (dela) ou sobre ele (ela), como agora, aqui. Cravando minhas unhas em seu peito, sou frágil e poderosa(o), como ele (ela), quase um(a) menino(a). Seu sexo tenho entre minhas pernas, de modo que sou eu a reger este dueto...*

Lusco-fusco

... pela pequena fresta, da janela, entreaberta, de repente soprou um pouco de vento. Bem pouquinho, mas o bastante. Para que a chama, no toco de vela, hesitasse, quase a se apagar. Depois, entretanto, como nos espasmos dos agonizantes, a chama se fortifica, buscando esgotar-se até seus fins. E nesse esgotar-se ela mais ilumina:

adiante, a parede de barro, onde no alto tocaia o inseto barbeiro, que já pressentiu sua presa, pelos buracos das vigas. Eis que lá embaixo, no solo de terra batida, sobre um colchão e trapos, dormem três meninos. Quando apagar-se o fogo, que o vigia, o barbeiro descerá ao colchão, para morder uma das crianças. Só uma, a escolhida pelo azar, entre os três meninos. Este, lá pelos trinta anos, morrerá de doença do peito, aliviando os parentes, imprestável para o trabalho. Dos outros dois:

um se tornará pedreiro e mal ou bem pagará por sua vida, a da mulher e dos filhos, talvez num barraco igual a esse, onde também brilhará uma vela certo dia;

o outro, desencaminhado, se tornará ladrãozinho e depois bandido. Desses que passam pequenas e depois longas temporadas nos presídios, concentrando-se cada vez mais para seus crimes. Até morrer, aos pés de policiais embalados, logo após um último pensamento, que se debruçará, talvez, sobre esse mesmo barracão, onde o toco de vela ilumina:

sobre o parapeito da janela, por dentro, um vidro de remédio contra vermes e, por fora, aquém das luzes da cidade, vendo-se pela própria fresta, uma santa cuja cabeça foi decepada e depois colada e novamente decepada, na correria e esbarrões dos meninos. A santa protege a casa dos que por ela passam e, diante da imagem sem cabeça, benzem-se e pensam: "Ali deve haver proteção de santo (ou demônio) muito forte". Mas nem tanto, porque também o barbeiro espreita, aguardando que a chama se extinga, embora, por enquanto, ela ainda mal ilumine:

um pouco adiante, naquele único cômodo, o grosso volume sob cobertas, donde saem arfantes gemidos; não tão altos que possam atrair a atenção dos meninos, adormecidos; não tão baixos que possam reprimir o prazer, de quem o sente,

eles que ali estão e, como se não vendo também não pudessem ser vistos — ou percebidos —, cobriram-se até a cabeça. Não sem antes, velado pela chama, o homem olhar para um seio murcho e a falta de dois dentes, da frente, na mulher, o que lhe desagrada:

a falta dos dois dentes, embora a si mesmo faltem todos eles, os dentes da frente. Mas ele não pode ver a si próprio, e sim a ela. E também sentir só seus sentimentos, que, nesse momento, não passam do desejo de esvaziar-se do próprio desejo,

pois, quanto aos dela, os desejos — e os sentimentos —, ele

nada pode conhecer. Nem ela responderia, caso perguntada, que o que passou a sentir agora é nada, ou melhor:

em silêncio, faz suas contas e sabe que, naqueles dias, é perigoso e até provável que daqui a um ano não sejam apenas três, os meninos, ali no barracão de um só cômodo, espiados pelo barbeiro mordedor, que espera, somente, de todo se apague a chama,

do toco de vela (sobre a velha televisão, desligada com o resto da luz, por falta de pagamento, e apresentando em sua tela, desenhados a giz colorido — roubado da escola pública —, heróis que os meninos não podem mais ver)

que agora, esgotando-se, é quase que só pavio, a iluminar, num último clarão sobre o cômodo, farelos sobre a tosca mesa, rodeada por quatro caixotes (o menorzinho não precisa, senta-se no colo da mãe),

até que, de vento, uma nova corrente, através dos buracos das vigas,

(em combinação com o toco de vela, cuja chama se apaga, quando o homem também se extingue — e o barbeiro, satisfeito, prepara sua lenta descida)

fecha a pequena fresta, da janela, entreaberta...

O recorde

Dessas chuvas que duram vários dias, fininhas, e que de repente engrossam, entram aos poucos na pele e no cérebro das pessoas, introvertendo-as em calafrios e devaneios. Mas ele, o ciclista, continuava ali, perseguindo seu recorde naquela pequena praça construída para abrigar a estátua do vulto histórico de barbas, o almirante Tamandaré, embora não se tratasse esta de uma capital de estado banhada pelo oceano. E o almirante deslocado, a servir para brincadeiras dos estudantes que às vezes roubavam sua estátua para largá-la em locais improváveis como encruzilhadas de ruas, botequins do baixo meretrício. Substituindo-a, certa noite, pela sorridente boneca de madeira, em tamanho natural, a apontar o Salão de Beleza Áurea diretamente para a Faculdade de Direito.

E no entanto em certas comemorações cívicas da Marinha, a que compareciam militares de província e funcionários públicos ávidos de subir, às vezes se pronunciavam discursos em que se dizia, por exemplo, que "sem a presença unificadora do almirante" talvez eles, os estudantes (e o diretor da Faculdade,

39

discursando do palanque, apontava o dedo em sua direção), não estivessem ali, habitando um país, um continente, dotado de princípios jurídicos e tudo.

Princípios um tanto arranhados, poder-se-ia pensar lá debaixo, mas não se dizia, porque sempre havia os agentes à paisana nesses acontecimentos. Ciosos todos de preservar a memória nacional. Pois tudo se passa num tempo em que a nacionalidade está na ordem do dia.

Mas hoje o personagem principal é um estrangeiro — ou assim se diz e é até mesmo provável — que, entretanto, para captar simpatias, ou uma autorização, depositou ali uma coroa de flores que agora murcham sob o almirante, testemunha dessa epopeia continental. Um tanto ou quanto miserável, a epopeia, pode pensar o Espectador (mas não diz, pois para que dizer?), como a dos faquires que antes costumavam se exibir na cidade, com a pele entre o amarelado e o roxo repousando sobre pregos e enovelados por serpentes. E o público amava tais proezas misturando ofídios e um toque de sofrimento, carência, com o qual as camadas mais humildes se identificam e simpatizam.

Porém o que agrava agora o quadro é a chuva insistente, que se perdoe o óbvio, mas a chuva realmente insiste, enlameando a cidade, fazendo transbordar o pequeno rio canalizado a céu aberto, esgoto navegável por detritos e carcaças, urubus tristes espreitando das margens, uma atmosfera de tifo — e também de febre amarela, não houvesse existido Oswaldo Cruz, se este Espectador não se engana.

E ali está ele, o Espectador, diante do ciclista batendo o recorde mundial (marca que não há como conferir) de permanência sobre duas rodas, descrevendo uma trajetória retangular junto ao busto do almirante do qual caem gotas; o almirante encharcado como se houvessem entornado a bacia do Prata sobre sua cabeça; sofrendo da natureza uma profanação como aquele outro, Nelson, coberto de cocô de pombo na Trafalgar Square — cercado ainda por jovens de cabelos escorridos, com jaquetas militares a que não faltam as insígnias, mas os botões, deixando entrever peitos nus e colares, e no ar uma bruma provocada por ervas mexicanas.

Aqui ao menos há ordem, e o ciclista, para guardar energias, avança tão infimamente sobre as pedrinhas da praça dispostas em desenhos decorativos, que mal se pode perceber qualquer movimento dos pedais; mal se pode crer que a bicicleta não pare de todo e ele, o colombiano, tenha de apoiar um dos pés no chão e ver perdido seu recorde de não sei quantos dias sobre rodas, vigiado por um fiscal da Rádio dos Esportes e de uma Federação qualquer, segundo consta.

Mas não. Apesar da chuva e do escorregadio em que se transformou a existência, é como se ele vivesse suspenso numa "brecha" e, como os pilotos de Fórmula Um, avançasse num vácuo onde "*no hay gravedad*".

Seu nome é Cristóbal, ao qual acrescentou por conta própria "Colombo", numa homenagem abrangente ao "descobridor" e à própria pátria do ciclista e ainda, para os metafísicos, como o *índio* ali ao lado, numa feliz coincidência, ao almirante herói deste *país chuvoso* que agora acolhe o atleta.

No entanto, não foi sempre assim, com chuva. A largada, se se pode falar em largada para um pequeno percurso retangular, aconteceu numa tarde de sol entre duas nuvens pretas, às cinco em ponto, aproveitando o movimento das ruas para que mais pessoas pudessem assistir. O secretário de Turismo da Prefeitura, um sujeito baixote, disparou um tiro para o alto, sob o aplauso das pessoas, os estudantes exagerando no entusiasmo (são como pragas), e sob os cliques das câmeras dos fotógrafos, para jornais que dedicariam no dia seguinte umas poucas linhas ao evento, mas também uma foto do ciclista que vinha bater um recorde nesta cidade, a juntar-se a outras fotos em seu álbum amarelado, numa coleção para impressionar prefeitos e damas da noite no interior desses países todos.

— *Vine hacê-lo aqui* — ele declarou ao repórter, num portunhol cantinflesco de apresentador de circo — *porque estaba cierto de una bela acojida nesta simpática ciudad brasileña de tantas tradiciones culturales e esportivas. E también pelo suporte de la Radio de los Esportes e de la Federación local e de algumas de las más conceituadas casas comerciales desta capital, como la Sapataria Atômica, o Banco Econômico, o Mundo Lotérico, o Príncipe das Vendas, a Liquidação Permanente. Et cetera.*

E, com efeito, por todo o espaço visível da roupa do atleta havia pequenas faixas costuradas, com propagandas de vários estabelecimentos populares da parte baixa da cidade, ali onde tudo parece um bazar permanente, com homens a apregoar ao megafone ofertas vantajosas, buscando os fregueses quase à unha como certos advogados à porta da Justiça do Trabalho. Além disso, as marcas habituais apregoando a si mesmas pelo próprio uso do ciclista, numa publicidade menos impressionista: a bicicleta Caloi, a dos campeões; os pneus Goodyear, o dos campeões; o calçado Adidas, o dos campeões. *Et cetera.*

Quanto à acolhida na cidade, Cristóbal estava mais ou menos certo: ela foi mais ou menos simpática. Vestido com as cores do Brasil e de sua amada pátria, foram-lhe permitidas algumas voltas em pleno estádio, no intervalo entre a preliminar e um verdadeiro clássico. Afinal, dizia-se que ele atravessara os Andes de bicicleta, viera em condução própria. Não importa que empurrando a maior parte do tempo *"su máquina"* ou pedindo carona aos motoristas de caminhão, pensa este Espectador desconfiado, para quem os Andes, sua topografia, não são um mero nome exótico que todos já ouviram falar e fingem saber do que se trata.

Os alto-falantes do estádio anunciaram Cristóbal e, durante a primeira volta, o público foi mesmo cordial. Aplaudiu sobriamente, como se fosse um acontecimento artístico. Na segunda volta houve o que era de esperar, um certo silêncio, talvez porque se guardassem energias para o clássico. Na terceira — quase não se precisa dizer —, as vaias, porque se vaiam até misses de maiô quando atrasam um grande jogo. E depois as laranjas. Cristóbal pedalava atrás do gol quando lhe jogaram uma primeira laranja, que quase o desequilibrou. Tratava-se do público da Geral, gente que ganha pouco, paga pouco e talvez por isso acredite ter direito a mais. Os *geraldinos* são como crianças, cruéis e puros. Podem invadir a qualquer momento o campo apenas para abraçar um ídolo ou agredir um árbitro. Isso às vezes por causa de um pequeno impedimento, regra de interpretação difícil, quase subjetiva mesmo, quando um atacante parte simultaneamente ao lançamento da bola por um meia-armador habilidoso e, para agravar a situação, a defesa avança em bloco para isolar um ponta de lança, o que só os holandeses até hoje conseguiram realizar com sincronia perfeita. E os *geraldinos* também amam as brincadeiras, que são rapidamente contagiosas e, por um instante, unem as duas torcidas.

À primeira *laranjada*, logo seguiram-se dezenas de outras. Porém Cristóbal era um homem de enfrentar imprevistos (afinal não percorrera esta parte sul do mundo em vão) e, diminuindo o raio da curva, passou a pedalar rente à linha do campo, descrevendo uma espécie de quadrado. E mais: alternava a velocidade, às vezes freando até parar, empinando as rodas da frente, como um cavaleiro, para deixar passar uma saraivada de laranjas à sua frente e logo depois acelerando como um *sprinter*, de modo que a saraivada seguinte se perdia às suas costas. Como um ladrão driblando uma perseguição policial; como John Wayne num filme de guerra; como Cassius Clay dentro do ringue; como Bruce

Lee. Ou como ele próprio, Cristóbal, diante de um bandido na rodovia Pan-Americana.

Dizem que ali os bandoleiros às vezes se vestem de guardas, para facilitar o trabalho. Ou talvez sejam os próprios guardas a agirem como bandoleiros, nunca se sabe neste *Cone Sul*.

— *Que leven la plata, pero no a la máquina.*

E depois de explicar quem era, Cristóbal distribuiu até autógrafos, o que não impediu *"a los otros"*— embora admirativos — *"de le levaren la plata"*. Pelo menos era o que estava escrito em *O Debate*, jornal de conteúdo esportivo que circula nas noites de domingo na cidade e merece crédito como qualquer outro, por que não? Afinal também são palavras impressas.

E foi assim, com essa tarimba mesma, que Cristóbal veio pedalando até o meio do campo, onde descreveu uma rápida virada de noventa graus. E continuando por ali, pela linha central do gramado, acenava para um público agora entusiasmado, até chegar diante do vestiário dos juízes bem à sua frente. Nessa pequena faixa do campo há sempre uma muralha de policiais olhando fixamente para os frequentadores da Geral, e um homem, no gramado, se sente tão protegido quanto o presidente da República.

Cristóbal apeou calmamente, entregou a bicicleta ao "índio", que lhe estendeu a toalha para enxugar o rosto, como sempre fazia depois de qualquer prova, não importando se longa ou curta. E depois de tanto tempo juntos, certamente não escapava ao "índio" que se o sucesso vinha quase sempre da persistência, no ciclismo e em outras atividades, também podia advir de um golpe de improvisação, um lampejo no momento certo. E também não escapou a este Espectador mais atento — lá presente — o tapinha carinhoso que o índio, de uma raça geralmente de poucas efusões, deu em Cristóbal.

E no esporte, hoje em dia, aos grandes feitos necessariamente se deve adicionar um pouco de promoção, um pouco de teatro, digamos assim. Uma marca registrada. Por isso nossos jogadores comemoram os gols com atitudes cada vez mais bizarras, como sapatear no chão ou dar saltos mortais, como Romeu, do Corinthians; ajoelhar-se e fazer o sinal da cruz, como Jairzinho plagiou de um tcheco em 1970; subir sobre a amurada do fosso, como Doval nos tempos do Flamengo, ou atirar a camisa para a torcida, como César no Palmeiras. Ou mesmo um gesto sóbrio, mas amplamente significativo, quase político, como o de Reinaldo ao simplesmente erguer o punho fechado. Afinal, vivemos num mundo em que qualquer gesto pode ser ampliado no tempo e no espaço, um palco que transcende a arena para projetar-se muito além, penetrar através do vídeo na casa das pessoas e o blablablá todo que se encontra nos livros de teoria.

E a esquiva de Cristóbal (*"hay que atacar y hay que se defender, mismo en el ciclismo"*, poderia ter ele explicado ao "índio") transformou-o por breve instante num ídolo que logo depois — a efemeridade é outra característica do nosso tempo — seria esquecido em meio aos gritos e foguetes à entrada dos times em campo. Não houvesse existido o fato de Dario "Peito de Aço", centroavante que costuma batizar por antecipação seus gols, declarar, em entrevista à Rádio dos Esportes, que hoje presentearia a torcida com o gol "Cristóvão Colombo". De bicicleta, naturalmente, o que acabou por não se concretizar, mas o que importa? Ficam no ar a palavra, o gesto insolente, a festa. E talvez se lembrará dela por uma geração inteira.

E talvez também por isso — Dario é um homem a quem as pessoas escutam com atenção — tanta gente se tenha concentrado na praça no dia seguinte, quando o secretário de Turismo disparou o tiro que dava início à tentativa de Cristóbal de bater o recorde mundial de permanência sobre duas rodas. A partir daquele instante, Cristóbal entrava na paisagem da cidade como um acréscimo num dia enervante, tedioso, quando a realidade do trabalho, depois do fim de semana, desaba sobre quase todos, principalmente aqueles que, embora de situação financeira mais precária, não são os que menos sabem valorizar um espetáculo gratuito, ainda que simples, pequena dádiva do destino. Aqueles modestos contínuos que, entre um serviço de rua e outro, param a assistir às escavações de um novo edifício; aqueles outros que fazem o velório anônimo de um atropelado; os que deixam qualquer tarefa para ver um incêndio; os que se oferecem como testemunhas nas discussões que se seguem às batidas de automóveis; os que, já carregando uma vela, se postam diante de um prédio onde alguém, debruçado no parapeito, ameaça o suicídio. E até mesmo os pivetes que, em seu vagar constante pelas ruas, podiam estacionar defronte a alguém como Cristóbal, examinando, talvez, nesse novo truque da sobrevivência, alguma alternativa para o crime.

E também os outros: mulheres em compras puxando os filhos, casais de namorados, estudantes formavam ali, ao cair da noite, uma pequena multidão apreciando o ciclista em sua marcha vagarosa, obstinada. E mesmo homens engravatados com suas pastas, saindo do fórum ou dos bancos, podiam aproximar-se disfarçadamente, concedendo-se um relance de convivência mais ampla com o povo, batendo no ombro de alguém enquanto espicham o pescoço e perguntam: "O que está havendo aí?".

"É um gringo batendo o recorde mundial", respondem, orgulhosos de informar, entre debochados e respeitosos. Pois o gringo escolhera esta cidade para bater seu recorde e seria uma honra completa, não houvesse um milímetro de distância entre o heroísmo, a mistificação, o ridículo. A hipótese, enfim, de serem todos ludibriados, com aquele sotaque nunca se sabe:

— *Hay el esfuerzo denso y el esfuerzo distendido, no es asi? Quando atravesaba yo la Cordillera, la Pan-Americana, o que*

46

importaba era el esfuerzo distendido, do mismo modo que en las disputas de velocidad. Trata-se de vencer una distância e, en este último caso, de hacê-lo en el menor tiempo possible. Mas se tratan ambos de la distension de un esfuerzo. Algo positivo, digamos asi.

Esse era Cristóbal falando, já na noite seguinte, para o programa de rádio de Sílvio Barbosa, espião da madrugada, que costumava surpreender criaturas da noite nas mais diversas atividades. Podia entrevistar as dançarinas de cabaré, algum garçom muito estimado, um mendigo no frio debaixo de uma marquise, bandidos na cela de triagem. O campeonato municipal dos profissionais de sinuca, por exemplo, fora integralmente transmitido. No entanto, era algo quase clandestino. Fora isso, tocavam em seus programas músicas boas, dessas que todo mundo gosta. Os sucessos do Roberto, do Aguinaldo, Benito di Paula, Ângela Maria, Lindomar Castilho.

E agora era o ciclista colombiano Cristóbal Colombo, "que *descobrira* nossa cidade e fora por ela recebido como um filho", dizia o radialista a marchar a seu lado com um microfone que, a todo momento, chegava junto à boca do atleta. A voz deste, no meio da noite, a transcender os limites geográficos e transformando-se em ondas no espaço à espera de serem captadas em cabines dos caminhões percorrendo as rodovias deste "nosso imenso Brasil"; ondas recebidas, talvez, por algum lavrador solitário, cujas distrações de homem perscrutador, entre os barulhinhos dos grilos e o coaxar dos sapos, é reconhecer no céu uma constelação conforme um almanaque, ouvir no rádio os sucessos, esperar por cometas e eclipses e, lá no íntimo, a esperança de um dia, quem sabe, um disco voador. Enquanto isso o rádio traz coisas como esta, uma língua diferente, acontecimentos, cultura, abrindo as portas do sonho para a filha solteira a escutar lá do quarto, o coração batendo, "é tão bonito":

— *Si en el esfuerzo distendido busca-se llegar a un punto*

qualquier; en el esfuerzo denso, como este que ahora realizo, tal punto se encuentra dentro de mi mismo. Ou sea, un hombre fuerza los próprios limites interiores de resistência. Reparen ustedes que busco movimentar-me lo menos possible, para atingir una casi-inércia que, entretanto, se fuesse inércia totale me levaria a tocar el suelo y a la pierda del recorde. El cuerpo no más se siente, és como una experiência espirituale.

Acompanhando o radialista ao lado de Cristóbal, talvez para que este último não sofresse nenhum percalço por causa do microfone, estava o índio, a aprovar com a cabeça ao término de todas as frases do futuro recordista. O índio é o seu "segundo", mas dir-se-ia que o campeão, do jeito que olha para ele, em busca de aprovação, nada mais faz do que repetir os ensinamentos daquele filho de um povo sábio.

Nessa segunda noite — seriam umas cinco, ao que parece — ainda havia muita gente na praça, apesar do adiantado da hora. Desocupados em geral, empregadas domésticas com seus namorados, guardas-noturnos, gente que saiu de bares e cabarés, gente que ali está por dever de ofício: o vendedor de cachorro-quente, o fiscal da Federação, o pessoal da técnica da Rádio e, por fim, o locutor Sílvio Barbosa. E, talvez por sua popularidade (aonde vai acompanha-o uma legião), tanta gente que logo se dispersa após a entrevista. E, finalmente, este Espectador, que apenas transitou por ali de passagem, pois há tantas coisas para se ver e fazer, tantas promessas numa noite quando se é meio livre, irresponsável quase. O acontecimento ainda não estava em sua fase decisiva e, além disso, caíam as primeiras gotas. Grossas e esparsas, a princípio, para depois se tornarem mais finas e constantes, engrossando de novo, às vezes, para formar não um temporal passageiro, mas uma chuva para vários dias, buscando seu ritmo intermitente.

E talvez tenha sido isso: a duração excessiva do espetáculo, ou talvez a chuva — a chuva que cai quando não deve —, ou talvez a soma de ambas as coisas. O certo é que, aos poucos, Cristóbal ia sendo esquecido, como se se tornasse ele próprio um monumento antigo da cidade — como algum prefeito que embusteou a si mesmo — a que as pessoas não prestam mais atenção. E talvez só voltassem a prestá-la se se retirasse o monumento, inaugurando-se então o vazio como algo substantivo (*"el hacio"* em que parece movimentar-se à vontade *"el indio"*). E assim, possivelmente, sucederia com Cristóbal; talvez o revalorizassem quando ele não estivesse mais ali, empobrecendo então a cidade sem aquele acréscimo de *"competitividad"*, tornando-a menos cosmopolita, devolvendo-a a seu cotidiano, como numa quarta-feira de cinzas. Então talvez sentissem saudades, os ingratos.

Mas já chovia havia certo tempo e as pessoas não podiam parar no meio do caminho sem se molhar todas. E, ainda, com o correr da semana outros acontecimentos se sucediam, como os preparativos para um novo jogo, a exposição de tubarões vivos dentro de um aquário etc. E as enchentes de verão com seus prenúncios de desabamentos a reterem as pessoas em casa, com medo, talvez, de que ruíssem em sua ausência.

E havia apenas um ou outro que ali parava, com sua capa e guarda-chuva, já na quarta noite, de que ora falamos (a monotonia de um recorde é que não existe adversário, a não ser o tempo, algo um tanto abstrato). Os retardatários da noite, como este Espectador (que agora, sim, está aí e permanece): um desses tipos que parecem ter vindo ao mundo para *ver*, testemunhar; desses que fazem a glória efêmera de um batedor de recordes. Porque é para isso, não? — além das possíveis vantagens pecuniárias que alguém bate um recorde de permanência sobre duas rodas. Para que alguém o testemunhe e diga a si próprio: "Este bateu um recorde. Quem quiser superá-lo terá de ficar ainda mais tempo sobre uma bicicleta". Pois há coisas que não devem ser guardadas apenas num álbum de ciclista, mas naquele arquivo geral, coletivo, cujas informações são muitas vezes transmitidas de boca a boca. E nem sempre se referem aos gestos maiores, dos grandes nomes do esporte, mas também aos pequenos atos de bravura do cotidiano. Como alguém que atravessa muito devagar uma rua, diante de um carro em velocidade, e se esquiva no último instante. E o motorista, ainda que irritado, deverá perceber que está diante de um homem audacioso, que não se enganem com a sua aparência desleixada, quase maltrapilha. Sua têmpera é a mesma daqueles que andam de pé sobre uma motocicleta, apenas para conquistar uma namorada. Ou daqueles que enfrentam gratuitamente os touros nas ruas de uma cidade espanhola em dia de festa. Ou daqueles outros que pulam dos rochedos em pequenas piscinas marítimas entre as pedras preenchidas intermitentemente pelas ondas, provocando em nós arrepios, como se nossa própria pele se dilacerasse.

Mas pode-se estar, agora, diante de um Espectador, este que aqui se encontra, todo especial, quase sofisticado, embora ligeiramente bêbado, depois de voltar do botequim em zigue-zague pelas calçadas, até parar ali e *ver*, pois essa é a função de um espectador, apesar do adiantado da hora.

Ver e transferir ao que vê uma certa aura luminosa, talvez pelos vapores em seu próprio cérebro; talvez por uma sensibilidade que lhe é característica e o álcool apenas reforça; talvez pela própria luminosidade poética de uma madrugada, quando luzes refletem-se em poças d'água, os carros estão em silêncio e pode-se ouvir nitidamente a água da chuva descendo da sarjeta para os ralos, como pequenos riachos, trazendo pedacinhos de papel, quem sabe um barquinho, fazendo lembrar infâncias.

E mais do que isso tudo, na composição desse belo cenário, há alguém que se dispõe a enfrentar a intempérie e pedalar,

pedalar de leve mas persistentemente, em busca de um destino que não lhe é simplesmente oferecido, mas arrancado com todas as forças aos *deuses helênicos da Glória*.

E verifica o Espectador que, neste exato momento, além do citado pretendente ao recorde, tem-se o almirante, grave, sereno, pétreo, embora do seu rosto corra abundantemente água; tem-se o cordão de isolamento, junto ao qual permanecem apenas ele, o Espectador, e uma jovem negra, de capa, segurando ambos a corda, na posição característica de quem presencia, isolado quase simbolicamente do mesmo, um espetáculo que ocorre no espaço interno.

Lá dentro, nesse interior, sob um grande guarda-sol (ou chuva), um policial esfrega as mãos diante de um fogareiro e ri alto, agora, de uma piada que o representante da Federação contou ao fiscal da Rádio, enquanto o índio acabou de retirar o café do fogo e, sem rir, pois não é de uma raça dada a futilidades, serve a todos em canecas. Depois, protegendo-a com uma toalha, traz uma dessas canecas para o ciclista, que a pega com uma das mãos, sustentando com a outra a bicicleta, sem no entanto parar de pedalar em seu ritmo milimétrico. De modo que ele, apesar dessa diminuta velocidade e após contornar mais uma vez a estátua, onde se postou impassível o índio, volta-se, bebendo sorvos de café, na direção deste Espectador e da mulher negra, em cuja capa colorida as gotas d'água refletem o brilho das luzes da rua e tudo fica bonito como num filme. Um filme onde Cristóbal sorri para a mulher e a mulher sorri para Cristóbal; olham-se nos olhos durante um longo tempo, até que o ciclista é obrigado a uma curva mais rápida para não bater contra o cordão de isolamento, enquanto ela, a negra, continua a fitá-lo, agora pelas costas, como se velasse por ele, que passará rente à estátua do almirante para devolver a caneca ao índio.

Entretanto, num sentido prático, quem vela mais pelo ciclista é o próprio índio, aliás por dever de ofício, pois é o seu assistente, o seu "segundo". E que vai muito além desse dever, se atentarmos para a delicadeza com que, depois de receber de volta a caneca, enxuga o rosto de Cristóbal, de onde pingam gotas iguais às que pingam do almirante.

Como a mulher negra (coincidência?), o ciclista veste um impermeável amarelo, que cobre nesse momento os dizeres de propaganda, o que talvez contrarie alguma cláusula do contrato, mas o que importa, se não há ninguém a não ser este Espectador (mais suscetível de ser atingido por marcas de vodca) e a mulher, que não está ali pelas propagandas e nem mesmo pelo ciclismo, mas pelo "muchacho"? E esse é também o momento de os fiscais fazerem vistas grossas e o da Federação conversa agora com o guarda, põe uma das mãos em seu ombro, demonstrando já uma amizade mais ou menos sólida, embora nascida, provavelmente, ali nos embates da competição solitária. E nessa calada da noite são todos viajantes do mesmo barco, são íntimos e, por isso, de repente, o Espectador se sente um pouco intruso, quando o índio olha firmemente em sua direção, não há dúvida, pois é só ele, o Espectador, que afinal não faz parte, se descontarmos a negra.

O índio vem outra vez em direção a Colombo e traz de novo a toalha e também um balde com água e um vidro curvo, com um orifício em bico, desses que se usam nos hospitais para os doentes fazerem xixi. Mas o olhar do índio não é humilde como o dos serviçais, e sim ele traz aqueles instrumentos com a firmeza orgulhosa de um escudeiro que estende a lança ao cavaleiro andante no momento do combate. Com o brilho admirativo no olhar daqueles que sabem que estão aí, neste mundo, para prestar serviços aos heróis, homenagens aos grandes ídolos, além de colher sua sobrevivência das migalhas que sobram da Glória. Como os massagistas que preparam os músculos dos jogadores que entrarão em campo para ganhar a finalíssima de um Mundial. Ou como aqueles que, num canto de ringue, abanam a toalha para oxigenar o lutador a quem tratam sempre, respeitosamente, de "Campeão". Homens de quem jamais falará a História, mas sem os quais essa mesma História não se realizaria de um modo idêntico em *"su determinismo"*.

E nesse momento, quando o índio despe o impermeável e depois a própria camisa do ciclista, sempre pedalando, há um olhar ao redor e para todos e que não é um pedido nem uma ordem, mas no entanto significa.

Debaixo do guarda-sol, já estão de costas para a cena, sentados em banquinhos, o guarda e os fiscais e parecem mesmo cochilar, depois de um café quente — e quem sabe um conhaque? —, nesse momento da madrugada que costuma vencer até os motoristas de caminhão nas estradas.

A mulher, porém, permanece em sua posição, a trocar, quando o ângulo o permite, sorrisos e olhares com o futuro recordista. E sente-se que só ela e o índio têm direito àquela intimidade, de que o Espectador está excluído, do mesmo modo que até os torcedores mais fiéis não são chamados aos vestiários em dias de jogo.

Então ele começa a se afastar, o Espectador, subindo vagarosamente a rua em busca de um táxi, sentindo-se um pouco roubado do espetáculo e, por um momento, pensa mesquinhamente que eles — eles todos, cúmplices — aproveitarão a ausência do público para que Colombo apeie, finalmente, da bicicleta, distenda os músculos e, quem sabe, até se deite sobre os banquinhos uns dispostos junto aos outros. Como o faquir batendo o recorde mundial da fome, que descobriram, certa vez, a comer um bife com fritas em sua urna na madrugada de Copacabana.

Mas se o Espectador pensou isso é porque estava com frio,

53

as gotas de chuva finalmente lhe haviam penetrado na alma depois que se diluiu o efeito do conhaque.

Porque depois, já dentro do táxi, mais aquecido, ele revelará quase com orgulho ao motorista "que o gringo atravessa sua quarta noite pedalando uma bicicleta".

— E o senhor acha que ele vai conseguir?

— Sim, é claro, é um homem obstinado — diz o Espectador, sentindo-se nesse instante como um "de dentro"; sim, fazendo parte, quase como a negra ou o índio.

E um pouco mais tarde, dentro de casa, quando ele próprio, o Espectador, tirar sua roupa molhada, aquecendo-se com um pijama e uma dose de caninha das mais puras, e simplesmente sentar-se à velha poltrona da sala, aproveitando um desses intervalos que a existência às vezes oferece para que se possam costurar os melhores pensamentos, ele saberá em seu íntimo que Colombo, como santo Antônio no deserto, será acometido por todas as tentações. Pela tentação maior de, nem que seja por alguns minutos, colocar seus pés, "*que no más se siente, um momentito apenas sobre el suelo*", para receber um "*besito de la negra*, uma massagem do índio, *cositas asi*".

Mas que não. Como ele, o Espectador, que pensa na noite esses pensamentos sem que ninguém o observe ou obrigue; como alguém que escreve na cabeça um longo conto, para unificar seus pensamentos, arredondá-los, fazer deles uma obra, talvez para nunca ser lida, mas porque ele *tem* de fazê-la, enquanto todos dormem, sonham, amam — e por um momento ele será tentado a fazer o mesmo, levar a existência dos sadios normais, mas não o fará e sim PERSISTE, até que seu cérebro e talvez suas mãos atinjam aquele ponto, vacuidade, "*en que uno siente a si proprio como algo adelante*", e garatujas começam a avançar por "*un papelito blanco en la cabeza*", maciamente, num "*esfuerzo ora denso ora distendido*" — TAMBÉM CRISTÓBAL RESISTIRÁ.

Porque se não resistisse, se cedesse por um instante sequer, sabe que nunca mais seria o mesmo. Uma vez com truques, como um jóquei que amoleceu pela primeira vez um páreo, nunca se reencontrará a força necessária a um recordista, um guerreiro, um jejuador, um artista, um "índio". E nunca mais seria ele, Cristóbal, com a convicção da paz consigo próprio, a alegrar-se com putas e motoristas de caminhão em cabarés de cidades com nomes lindíssimos como Salsalito, Barranquilla, Cartagena, ou simplesmente assim, Fronteira, quando um homem está "entre" um lugar e outro e é esse o momento em que mais se vive, numa felicidade *algo borracha* que em todos de repente irradia, por um instantinho só, mas aquele que vale, quando, por exemplo, o rosto de uma bela mulher com uma cicatriz de navalha e cabelos muito negros debruça-se sobre o álbum de recortes de um recordista e ela aponta: *"Mas como eras lindo e tan joven"*. Essa mulher que no dia seguinte acenará com beijos enquanto ele se perde na poeira de uma curva de estrada.

Porque se não resistisse, não seria mais como um marinheiro de terra (uma mulher em cada cidade), um recordista, um atleta, a merecer a admiração do índio e da negrita ali ao lado, e apenas, simplesmente, alguém tão esquecido quanto um camponês a quem se vê, de dentro de um trem, sentado junto a uma árvore à sua passagem; alguém a quem só se presta atenção por um segundo, como figurante de um imenso presépio pelo qual se passa; alguém como elemento, apenas, de uma paisagem e que já nem mesmo acena como uma criança.

Não. Isso não acontecerá de modo algum, o Espectador pensa e agora irá dormir tranquilo. Quando deixou a praça era apenas o momento da higiene de Colombo, a hora de ele ficar bonito. Talvez o índio lhe tenha até feito a barba para a manhã seguinte, quando houver um público ainda que pequeno, e um cavalheiro deve apresentar-se sempre bem. Além disso há a *"negrita"*. Talvez tenha sido para ela que o índio preparou e banhou Cristóbal. A *"negrita"* talvez já tenha — a essa hora em que o Espectador se deita, cuidando para não acordar a mulher na cama — atravessado o cordão de isolamento, aproveitando a noite em que já todos dormem ou pelo menos não espiam, como o guarda e os fiscais que nada querem ver — e se aproximado para uma carícia. Ou um beijo, quem sabe? Ou mais ainda — quem o garante que não?, uma imaginação tudo pode —, talvez suba ela mesma na bicicleta, pois um regulamento sensível para um recorde não proibirá um peso adicional ou um consolo feminino, que apenas dificultará a empreitada em sua parte esportiva — para instalar-se ali, no vão entre o banco e o guidom sobre as pernas de Colombo e deixar-se estar quieta e macia, jovem, respirante, com um precioso perfume barato que lhe exala do pescoço, mas não suprime seu cheiro bom de mulher com desejo e de cabelos molhados; e ficar ali, as coxas dele em suas ancas sob a saia, subindo e descendo no lento, quase imperceptível, mover dos pedais, como num gozo ascético em que nada se procura, ele é que vem a nós, em seu movimento quase nulo, como o de uma respiração no ritmo, e portanto um prazer quase estático, alimentando-se de si mesmo, como uma bicicleta ou relógio ou caixa musical de moto-contínuo, perpétuo, ou como os versos ou as notas numa canção que simplesmente escorresse de uma voz ou guitarra, pouco a pouco, pausas miúdas, bem marcadas, intervalos naturais entre o que é som e movimento e o que é intervalo branco, o que é nada, ou tudo, como uma bicicleta quase parada a desafiar a gravidade, e que no entanto marcha, para adiante, o além, um recorde, um clímax quieto onde não se geme ou se contorce, apenas nervos que se puxam de leve e depois se largam, como uma gota formada no teto de um palácio antigo e que depois pingou sobre uma cítara, num som a fazer inveja a todos os obcecados por perfeição ou quase — ou como a gota, apenas, de uma chuva como essa, sobre os impermeáveis amarelos a resguardarem o pudor da "*negrita*" e do colombiano — e depois mais um momento côncavo, prenúncio do fim, se fim propriamente houvesse, como também o momento dele, o Espectador, ali, debaixo das cobertas e ouvindo suas próprias gotas particulares a baterem na vidraça, quando também ele aconchega-se de mansinho à mulher, pressiona levemente suas ancas, não a acorda, não quer discussões ou perguntas — ela não é mais a mesma, está gordota, a quase conformada mulher de um bêbado, e ele então se encosta mais e lembra-se de uma canção norte-americana de anos atrás e que dizia assim: "Se você não pode estar com a mulher que ama, ame a mulher que está com você" — e agora balança-se com ela, a mulher, como se também estivesse sobre algo com rodas ou uma gangorra, ou um cavalo voador, ou um barco de borracha, ou espuma, ou navegando dentro do próprio sangue, ou *et cetera*, até que... até que... sim!

E se ela acordasse a perguntar — embora talvez gostando — o que era aquilo, onde é que você esteve, isso são horas e coisa e tal e chegando mais para perto, talvez ele respondesse a rir: "Influências, minha querida. Influências". Enquanto pensaria, já entorpecido, quase no sono, que "preciso cuidar um pouco mais deles, a família, levo o garoto amanhã para ver como se bate um recorde, preciso beber menos *et cetera*". E talvez também falasse a ela do ciclista, dizendo que era só imaginar-se uma coisa ("*Pienso, luego existe*", como diria algum metafísico *cucaracho* de cérebro copioso), para que essa coisa houvesse de certo modo acontecido, ou fosse acontecer num instante qualquer do tempo que avança, ou não avança, mas dentro de todas as possíveis combinações das possibilidades dos acontecimentos humanos (e sobre-humanos, como um recorde). E que uma dessas possibilidades era estar ele aí, aconchegado à mulher que dorme e a pensar na sensualidade de um ciclista e de sua garota negra, sob o olhar fiel de um índio (aquele a quem os outros cumprem as coisas em seu nome). E que talvez os ciclos da existência se encerrassem apenas quando acabada de acontecer essa última coisa, a última possibilidade entre todas as coisas e possibilidades, inclusive as que só se passam no pensamento trêmulo dos bêbados, ou nos contos escritos por cascateiros da noite, autores "portunholes e borrachones".

Essa última coisa, possibilidade, para depois o FIM, não houvesse o fato de, a cada nova coisa imaginada — e portanto acontecida ou a acontecer —, abrir-se sempre um novo leque de possibilidades e coisas outras, para as quais a duração dos planetas não seria suficientemente longa e então cada um desses planetas explodisse em novos astros habitados por pessoas e suas histórias e assim se formando um tremendo cosmos de possibilidades infinitas, com todas essas coisas e outras mais: um espectador e sua mulher adormecida, um recordista, a chuva, um almirante, um índio, reflexos nas gotas d'água, vapores da noite, palavras, vírgulas *et ceteras...*

Na boca do túnel

A frase, que eu pedi que o meu auxiliar escrevesse, estava lá, no quadro-negro do vestiário: "É do conhecimento da própria fraqueza que o fraco retira a sua força".

Para disfarçar o nervosismo — vão jogar com o líder no Maracanã — eles entram no meio de brincadeiras e nem se concentram no que está no quadro. Se eu tivesse escrito "Bola pra frente, rapaziada", talvez prestassem mais atenção. O negócio é partir para a preleção:

— Time grande, quando vai jogar com a gente, entra relaxado. Põe a bola no chão, passa ela para trás, para o lado, esquenta, pensa. Se a saída for nossa...

Sou interrompido por um estrondo. Alguém chutou com violência uma bola, que foi bater no armário, arrebentando a tranca. Há um momento de silêncio, diante do meu olhar. Ninguém assinou a súmula e ainda há tempo para uma substituição. "Tanto faz entrar um como outro num time desses", eu estou à beira de dizer. Mas não digo. Seria *antipsicológico*.

— Se a saída for nossa — recomeço —, lembrem-se do que

repetimos exaustivamente no treino tático. Passem a bola para o Jair, ele sabe o que deve fazer.

Talvez porque eu houvesse dito o nome, eles se lembraram. Ouço um grito lá da mesa de massagens. Alguém atirou uma pedra de gelo no Jair. Que se limita, agora, a resmungar emputecido. Já viu dias e clubes melhores. Eu também.

O melhor mesmo é fingir que não estou nem aí:

— O Jair vai lançar a bola num espaço vazio, para um dos pontas entrar em

diagonal.

Pausa e tento levar um pouco mais adiante o raciocínio.

— Todo mundo anda fazendo o auxílio do meio-campo com os pontas. É um vício antigo do futebol brasileiro, desde que Zagalo foi o ponta-esquerda e depois o técnico da nossa Seleção. Se bem que agora, com a categoria e a criatividade de Zico e Sócrates, os homens do miolo de área têm descido mais para buscar jogo, liberando os pontas ofensivamente. Mas só os espertos aderem logo à revolução. Nossa arma ofensiva serão os pontas se deslocando velozmente, para endoidar a defesa deles. E uma das armas dos fracos é a surpresa, a emboscada. Se a gente dá sorte e faz de cara um gol com a jogada ensaiada, aí recua e com calma faz o tempo passar. Mas com ou sem o nosso gol a tática será esta: o time recuado, menos os pontas. O Jair faz o peão e lança esses pontas de longa distância. Todo mundo entendeu?

Nunca vi jogador de futebol que não balançasse a cabeça afirmativamente quando o técnico pergunta se entendeu. Depois eles vão lá e fazem tudo diferente. É preciso insistir e insistir. Treino tático, preleção, até a coisa se tornar instintiva para eles.

O nosso artilheiro, por exemplo, me ouviu em silêncio. Mas era como se eu adivinhasse nele um sorriso de deboche que não chegava a se concretizar. E depois, como eu o olhasse bem nos olhos, houve um instante em que ele chegou a entreabrir a boca para falar.

— Esse negócio de arma dos *fracos* — talvez ele houvesse dito, pedindo uma explicação. É um crioulo muito forte, só não o barrei porque é o artilheiro do time: faz alguns gols contra os clubes pequenos e nenhum contra os grandes. Mas é o artilheiro do time. Se fosse barrado, os associados iam fazer a maior onda lá no clube. Então, como eu não o queria ali na frente, congestionando a área e segurando os zagueiros deles lá atrás, só o desloquei para a ponta direita. Mas preferia um garoto mais rápido e mesmo assim o cara não gostou. É do tipo tanque, joga na base do físico, entra na área trombando com todo mundo. Um beque de categoria anula ele fácil, fácil.

Dá vontade de dizer: "Olha os elefantes, rapaz. Vai lá no circo e vê as gracinhas que os domadores põem eles pra fazer". Mas não digo. Seria *antipsicológico*.

— Vocês, garotos, que estão no time de cima pela primeira vez, têm uma grande responsabilidade — eu disse. — Barrei gente antiga no clube para usar vocês. Por quê? Velocidade, audácia! A arma de vocês é o entusiasmo, a juventude.

Minha esperança é o ponta-esquerda juvenil, um garoto que tem se destacado na divisão inferior, até onde pode se destacar um jogador no juvenil do nosso time. E se continuo a falar é mais para ele, enquanto os veteranos, com os privilégios da antiguidade, são os primeiros na fila de assinar a súmula. O diretor não gosta de atrasos: "Multa é pra time grande".

E aproveito a timidez do garoto lá no fim da fila e arremato:
— A confiança em si, às vezes, torna-se a diferença, o limite exato entre o
fazer e o não fazer, o sucesso e o fracasso.

Um técnico é assim: tem de aparentar um entusiasmo e confiança que na verdade já não possui. Estou igual bola na marca do pênalti que um cabeça de bagre vem e chuta de bico. Ela sobe demais, passa por cima da trave, por cima do muro e cai lá na rua. E é só perder mais uma que o Presidente vem e me dá esse chutão. Banqueiro de bicho tem um nome a zelar. Dou um tapinha nas costas do Jair, que sobe as escadas que levam ao campo.

— Usa mais o ponta-esquerda que o negão.

Nem precisava. O Jair balança a cabeça, já sabendo.

O nosso meia-armador, Jair, é um desses craques (palavra que devia ser pleonasmo para homem de meio de campo) que sabem tudo de futebol e várias vezes estiveram na bica de ir para a Seleção. Existiram e existem muitos deles nessa categoria — o Roberto Pinto, o Afonsinho, o Zé Carlos do Cruzeiro, o Dirceu Lopes, o Edu do América, o Bráulio —, mas que uma soma de circunstâncias acabou por negar-lhes esse destino mais glorioso. Então ficaram por ali, dando campeonatos regionais e vitórias a times intermediários. Talvez porque tenham vivido numa época de grandes profissionais da posição — como Gérson, Rivelino, Clodoaldo —, ou talvez, quem sabe, por algum motivo mais profundo, como a falta *daquela ânsia de vencer*. Ou então porque o futebol para eles não é tudo, como no caso do Afonsinho, que sempre andou na noite, misturado com artistas, e acabou virando tema de uma canção do Gilberto Gil, "Meio de campo", essa posição que exige um misto de atleta e artista, jogando com as pernas e a inteligência, quase com a alma, se poderia dizer.

E o maior deles todos, no caso, foi sem dúvida o Ademir da Guia, predestinado desde o nome e o sobrenome e um dos maiores de todos os tempos na posição, mas que nunca se firmou como titular do selecionado brasileiro. Tratava a bola como se fosse parte do próprio corpo e virou poema de João Cabral de Melo Neto, o que é mais imperecível que estátua em praça pública, pois um poema de craque nunca enferruja ou pombo caga em cima. Um poema fica ali, invisível, como um gol gravado em videoteipe, à espera de que alguém vá lá e ponha ele para rodar. Só que é feito de palavras, substância quase imaterial, quase como o ar, e por isso pode permanecer por mais de mil anos, transmitindo-se de geração a geração. Basta que alguém vá lá na estante, pegue o livro e o leia.

Palavras, porra; eu devia ser locutor ou cronista, porque vou me perdendo nas palavras, me perdendo, até quase me perder. O Jair. Do Jair pode-se dizer que praticamente nasceu aqui em São Cristóvão e voltou a São Cristóvão como quem volta conformado à sua casa para morrer.

O bairro tem vários deles, os que pararam de jogar. Sentam-se nos botequins, de tamanco, palitando os dentes, falando sobre o passado. Quem foi jogador de futebol nunca se adapta a outra profissão. Depois que tudo passou, ficam por ali com cara de menino que não entende o que aconteceu.

O Jair, por exemplo. Antes de tornar-se jogador, não era ninguém, só mais um desses garotos franzinos, típicos dos bairros pobres do Brasil. Com uma diferença: sabia lançar uma bola com os pés, a longa distância, com precisão. E isso em nosso país pode fazer uma grande diferença no destino de alguém. Um dia o trouxeram quase pelo braço aqui em Figueira de Melo, onde cresceu tão rápido que depois de uma passada pelo Bangu e a Portuguesa de Desportos logo estava no Santos. Porém numa época em que o Santos já vivia de glórias passadas, começou a perder de todo mundo e em alguém eles tinham de botar a culpa, não tinham? E no Pelé é que não ia ser, embora o Pelé já estivesse enrolando ali pelo meio, ligeiramente gordo, homem de empresa, garoto-propaganda e até ator. E o Jair foi andando por aí, de clube em clube, por todo o Brasil. Tornou-se um desses ídolos regionais que os torcedores bairristas sempre acham que é o melhor do país na posição. Mas que nunca aparecem na lista de convocados para a Seleção. Desses jogadores que já jantaram com governador de estado, foram amantes de putas famosas, acostumam-se a beber uma coisinha aqui outra ali e depois casam com moça de família do interior. E acabam com aquele ar conformado, tipo "a vida é assim mesmo, um momento que passa — e a glória, uma ilusão". E ficam ali nos timinhos. Quietos, úteis, bons: "É pra lançar a bola para o ponta, não é?". Então ele lança e certo. Agora, se o ponta não sabe aproveitar, isso é outro problema. E o Jair adquiriu um jeito de dar de ombros depois que a jogada se perde. Acho até que ele se espanta quando uma daquelas bolas que ele lança acaba no fundo da rede, aproveitada por alguém. Talvez seja um desses caras tranquilos, sábios demais para desejarem a imortalidade. Ou talvez tenha começado a jogar numa época em que ainda não se compreendia tanto a importância do videoteipe, que é uma fixação da jogada no tempo. Não demora muito, os craques já estarão cobrando direito autoral. Com o videoteipe, o futebol entrou na História da Arte. E o gol, o passe viraram obra de museu. Aquele passe matemático do Gérson para o Pelé, por exemplo, no segundo gol do Brasil na Copa de 70. É como se aquela bola nunca fosse cair. Como se sua trajetória fosse eterna, é o que eu quero dizer. Mas tem de ser gol ou passe em jogo importante. No jogo de hoje pode acontecer a maior jogada de todos os tempos que se for do nosso time ninguém vai arquivar nas estações de TV. As mesmas estações que não se cansam de repetir as jogadas imortais do Pelé naquela Copa e que não se concretizaram em gol.

Como o chute do meio do campo contra a Tchecoslováquia ou o drible de corpo no goleiro Mazurkiewski, do Uruguai, quando Pelé depois fez o mais difícil: concluiu para fora.

A jogada que quase resultou no nosso gol nasceu de um passe do Jair. Eles ganharam o sorteio, escolheram o campo a favor do sol. A saída ficou sendo nossa. Como estava combinado, o centroavante deu para o outro ponta de lança, que passou bem atrás, para o Jair. Este apenas segurou a bola, por uns dois segundos, enquanto os pontas partiam velozmente para o campo adversário, entrando pelo meio, em diagonal. O Jair tem olhos de lince, faz lembrar em algumas jogadas o Didi e o Gérson. E viu que o melhor espaço quem abriu foi o ponta-direita, que penetrou numa brecha, ali, entre o quarto-zagueiro e o lateral esquerdo, que praticamente ainda se aqueciam para o jogo.

O passe foi perfeito, a bola caiu em frente do Jorge, o ponta, o negão, que nem precisou controlar. O que aliás é uma coisa que ele não sabe fazer. É do tipo furacão, demolidor. Do jeito que a bola vem, ele chuta. E foi isso mesmo que ele fez: correu entre os dois defensores e chutou.

A surpresa e rapidez da jogada foram tantas que o goleiro deles nem se mexeu. Mas a bola subiu demais, é esse um dos defeitos dos jogadores tipo tanque. Eles não olham em frente; olham para a bola, no chão. Só o craque tem a bola onde já sabe e não precisa ver; olha mesmo é para o espaço, o ponto futuro, está sempre um pouco adiante dos outros. É também isso, um craque, em todas as profissões: um domínio do espaço onde as coisas ainda vão acontecer.

A bola subiu, ainda ciscou na trave superior e foi se perder nas gerais. Chegou-se a ouvir um pequeno "oh" percorrendo o estádio, emitido pela torcida deles.

* * *

"Quem não faz gol leva", diz a sabedoria do torcedor. A lógica do futebol nada mais é do que uma aplicação da Teoria das Probabilidades. Um time grande, num clássico equilibrado, possui mais ou menos de quatro a seis oportunidades de marcar. Se desperdiça algumas delas, é provável que dali a pouco tempo o adversário, se não cair no mesmo azar, irá fazer o seu gol. Essa máxima — "Quem não faz gol leva" — é ainda mais aplicável a time pequeno, que, em jogo contra grande, geralmente não conta com mais de duas ou três boas chances de faturar. Enquanto eles, por sua força técnica, se tudo ocorrer dentro da normalidade, vão ter pelo menos umas dez.

A minha estratégia, reconheço, implicava um risco: despertar o leão. O técnico deles se agitou no banco e daqui de longe posso adivinhar o recado que mandou para dentro do campo, num correio que vai do massagista ao ponta e deste ao apoiador e daí para a defesa toda: "Atenção na marcação".

Time grande é como empresa, não deve falhar. E "quem perde ponto para time pequeno não ganha campeonato" é outra frase nascida da experiência do torcedor.

Eles colam em nossos pontas, pois já perceberam a jogada. E partem para cima de nós com aquela autoridade dos que estão acostumados a vencer. O nosso time, como é natural e já estava planejado, recua todo, na expectativa de uma nova oportunidade de repetir aquela jogada, quando eles relaxarem outra vez. Por enquanto é preciso garantir a defesa. E quando eles menos esperarem, com a defesa avançada na ânsia de decidir o jogo, o Jair pega outra bola e lança para um dos pontas, que vai partir na corrida e...

A linha reta nem sempre é o caminho mais desejável entre dois pontos. Contra uma defesa fechada como a nossa, o melhor é abri-la pelos flancos, sempre menos congestionados. Porque pelo meio não há espaço para tabelar, até o nosso centroavante auxilia a defesa. A minha "teoria dos pontas entrando em diagonal" só se aplica a time jogando em contra-ataque. Eles, não. Inteligentemente, eles começam a usar o clássico jogo pelas pontas. Se esses pontas são medíocres, ficam pingando bolas sobre a área, no conhecido jogo de abafa. Ora, geralmente os zagueiros de área são altos e já vi muito central de merda fazer seu nome assim: passando um jogo inteiro a cortar de cabeça bolas altas sobre a área.

O jogo de abafa pode ser um rendimento ilusório, um falso domínio e, de repente, o adversário vai lá num contra-ataque e fatura. E acaba ganhando o jogo, pois nem sempre quem parte para a luta é o vencedor. É o que poderia acontecer hoje.

Mas os pontas deles são bons: não embolam no meio, driblam curto, chegam à linha de fundo e centram rasteiro e forte. A bola bate nas pernas de todos, atacantes e defensores se nivelam na confusão, o gol pode sair de qualquer um. Entre muitos outros, o grande Mané Garrincha fez seu nome assim.

A nossa defesa entrou em pânico, chutando a bola para qualquer lado. Há uma sucessão de escanteios e laterais, e o Jair, como se fosse eu próprio dentro do campo, chega para o zagueiro central e gesticula: "Calma, calma".

O nosso zagueiro central telefonou de manhã cedo para a namorada e ouvi quando ele disse baixinho, para não levar gozação dos companheiros, que hoje ia "jogar no Maracanã". Essa garotada é tão verde que ainda é capaz de pensar durante o jogo na namorada, um pontinho qualquer no meio da multidão.

Quando qualquer um mais vivido sabe que, dentro do campo, jogador tem de esquecer até da mãe morrendo de câncer no hospital e dizendo que seu último desejo é ver o filho.

O nosso goleiro é desses que usam cabelo grande, frequentam discoteca de subúrbio e fazem grandes defesas em saltos mortais onde evidenciam uma incrível elasticidade. São caras que, num momento da vida, numa cidade do interior, podem ter hesitado entre ser amante de mulher de fazendeiro, trapezista de circo ou goleiro. Pois eles possuem aptidão para tudo o que é difícil e arriscado. No entanto, no domínio do simples, no controle do corpo dentro do seu pequeno espaço, às vezes são frágeis e ingênuos e, de repente, podem tomar um gol assim:

O ponta-esquerda deles chegou à linha de fundo, cruzou rasteiro e forte, a bola bateu no ponta de lança e sobrou para o nosso zagueiro central. Ele podia ter dominado, olhado ao redor, achando um espaço para safar-se da situação. Mas, afobadamente, tentou chutar para qualquer lado. A bola bateu no quarto-zagueiro e veio rasteirinha, por baixo das pernas do goleiro, para dentro do gol.

Machista, inseguro, o brasileiro, em geral, acha o suprassumo da humilhação levar uma bola "entre as pernas" num jogo de futebol. Os jogadores evitam fazer tal jogada uns contra os outros, por considerarem-na um desrespeito ao adversário, o que inclusive dá margem a agressões. Aquele não chegou a ser o clássico gol entre as pernas, pois a bola não foi ali enfiada intencionalmente por ninguém. Foi um gol contra, uma bola espirrada no meio de um tumulto de área. Tendo incorrido, no máximo, numa pequena falha ou falta de reflexo, o nosso goleiro poderia ter se recuperado, continuando a jogar normalmente, como acontece com os goleiros de categoria depois de frangos muito mais humilhantes do que esse, às vezes até em jogos decisivos. Existem mesmo algumas pessoas que fazem das falhas, das críticas, o trampolim que as lança para a vitória, o sucesso. O nosso goleiro, infelizmente, não é um desses. Botou as mãos na cabeça e depois, ali caído, dava socos desesperados no chão. E a seguir começou a olhar para os companheiros, procurando um *culpado* para o gol.

O nosso goleiro vai terminar a vida sem um puto no bolso, amante de mulher de zona, talvez massagista ou roupeiro de time de futebol, isso se não se tornar um marginal.

O nosso goleiro e o nosso zagueiro de área não possuem aquela estrutura nervosa que conduz ao equilíbrio emocional. Quando a bola era devolvida ao meio de campo, passaram a discutir, acusando-se mutuamente com gestos e palavrões.

O time deles retomou rápido a bola depois da nossa saída e veio tabelando até a área e, dessa vez, após uma jogada de categoria, iam marcar quando o nosso zagueiro central aterrou o centroavante deles. Um pênalti claro, e não havia o que discutir. O nosso zagueiro discutiu e foi expulso de campo. Eu não perco tempo com advertências a quem não vai beneficiar-se com advertências. O silêncio, às vezes, é uma atitude que bate mais fundo dentro de um homem, obriga-o a refletir.

O nosso zagueiro central, já dentro do túnel, deve ter ouvido o rumor inconfundível de uma torcida — a deles — comemorando um gol.

A destruição do nosso sistema tático que, quando nada, poderia levar-nos a uma derrota honrosa, se deu porque, a partir desse segundo gol, o nosso time, por iniciativa de alguns atletas, tentou jogar de igual para igual e avançar, sem ter categoria para tanto. E time grande jogando em contra-ataque com time pequeno é covardia, pois até melhor alimentação eles têm. Em nosso time joga até bancário, e só circunstâncias muito favoráveis, incluindo a disciplina tática, nos conduziriam à vitória e não a esse caos.

Do lado deles, apenas deixaram que a gente fosse. Seguravam na defesa os nossos ataques desorganizados e depois, em três ou quatro passes, chegavam à nossa área. O centroavante deles, de nível de seleção, não complica jogada fácil, escolhe o canto, toca de leve e é o terceiro gol.

Sócrates, o do Corinthians e da Seleção, se em vez de estudar medicina houvesse optado, como seu homônimo da Grécia, pela filosofia, incluindo a estética, talvez pudesse dizer que um estilo, muitas vezes, é sinônimo de não complicar. E o futebol dele próprio, Sócrates, semelhante ao do holandês Cruyff, é feito tanto de habilidade quanto de simplicidade.

A sobriedade de Sócrates nos impressiona mesmo no modo de comemorar um gol, já que, numa terra onde quase todos, promocionalmente, festejam esses gols com gestos cada vez mais espalhafatosos, tal sobriedade acaba por tornar-se marca individual, característica diferenciadora.

Talvez algo de novo — para bem ou para mal — tenha começado a surgir no futebol brasileiro desde que Reinaldo embarcou no avião que levava o selecionado à Copa da Argentina lendo *Furacão sobre Cuba*, de Jean-Paul Sartre. E desde que o próprio Sócrates — a exemplo de outro médico-jogador, Afonsinho — passou a dar entrevistas onde se discutiam, entre outras coisas, política e teatro.

* * *

Uma teoria da ginga brasileira, contudo, poderia ser extraída do fato de que, não possuindo como os europeus grandes parques gramados, os garotos brasileiros aprendiam a jogar futebol — às vezes até com bola de meia — nos becos, terrenos baldios, declives de favelas, esquinas de rua, nascendo daí uma nova concepção e domínio do espaço, mais ou menos assim:

Um moleque, numa rua em declive, espera com o pé sobre a bola a passagem de um carro, para logo depois, tabelando com um muro ladeira acima, passar por dois adversários e enfiar de curva, por sobre outro carro, estacionado, uma bola de efeito que vai bater num poste, baliza improvisada, e morrer no cantinho do gol, no momento exato em que passa na calçada um pedestre atrapalhando a visão do goleiro.

Essa adaptabilidade a circunstâncias desfavoráveis — ou a tão decantada capacidade de improvisação do povo brasileiro — pode ser detectada no próprio Sócrates, em sua característica jogada de calcanhar, nascida de uma dificuldade de equilibrar-se por causa da desproporção do tamanho do pé com a dimensão do corpo. Uma jogada, no entanto, que vai se incorporando ao repertório de outros jogadores sem essa conformação física e tornando-se, portanto, um estilo além do individual.

A fusão de jogadores de drible curto e estilo gingado, geralmente de raça negra, com outros, em geral brancos, de características mais sóbrias e objetivas, como Tostão, criou seleções brasileiras quase imbatíveis.

Estaria aí, nesse tipo de fusão — que em música deu origem ao samba e jazz modernos —, o caminho para toda uma filosofia da nossa raça?

O futebol é um espetáculo, e o meia-esquerda deles, um mulato comprido, ao receber um passe em profundidade, se deu ao luxo de, gingando o corpo, sem tocar na bola, passar pelo nosso ponta de lança, totalmente recuado — e até pelo Jair. Ou melhor, com o drible de corpo dele, os nossos é que passaram, enquanto a bola continuou em sua trajetória reta e macia.

Dando depois um toque na bola, ele caiu em velocidade pela esquerda, acompanhado de perto pelo nosso novo central, improvisado depois da expulsão do zagueiro de área. E dali mesmo o meia poderia ter desferido um petardo de canhota, mas não. Já próximo à linha de fundo, perseguido também pelo lateral direito, ele pisou na bola e deixou que nossos defensores passassem esbaforidos e, tentando parar, caíssem já fora do campo.

O goleiro nosso fez o que tinha de fazer: abandonou a meta para cair aos pés do atacante. Que já poderia, de novo, ter chutado dali, fazendo um gol por cobertura, embora ligeiramente sem ângulo. Mas também não. Quando o goleiro caiu a seus pés, ele deu apenas um leve toque para a direita, pulou por cima dos braços do adversário e encontrou-se ali, com o gol escancarado à sua frente. E, com a calma tranquila de um jogo já ganho, ele parou por uma fração de segundo, como se olhasse para o estádio, a paisagem. E só depois, quando vários defensores se aproximavam, tocou a bola de leve para as redes.

A paisagem nas cercanias de um estádio raramente é apreciada, porque as pessoas estão muito concentradas no jogo. Mas é fato experimentado por muitos que, em momento de choque emocional ou de grande frustração, se pode sofrer uma espécie de desligamento do foco da tragédia, o que nos defende da brutalidade do real. E, de repente, você se vê prestando atenção, se diluindo, numa porção de detalhes secundários. Igual, por exemplo, estar ainda no meio dos destroços de um acidente sofrido durante a noite numa estrada e pôr-se a observar o pisca-pisca dos vaga-lumes e o barulhinho dos grilos no meio do mato, o que já aconteceu comigo certa vez.

E é assim que observo, agora, uma nesga de sol a bater obliquamente sobre o gramado; uma gota de suor pingando do rosto do nosso lateral esquerdo, que corre, ofegante, rente à linha do campo, junto ao túnel. Vejo, também, o topo de montanhas da cidade do Rio de Janeiro, uma casinha lá em cima, torres de eletricidade. E finalmente um balão imenso que agora passa, além das marquises do estádio. Posso inclusive descrever sua alegoria: uma vênus, em azul e branco, toda nua, os contornos bem delineados dos seios, o sexo e mesmo o umbigo. Deve ter consumido semanas de trabalho de uma cuidadosa turma de subúrbio.

No meio disso, penso ainda como é bonita esta cidade, como resiste a tudo o que fazem contra ela. Mas não deixo de pensar como devia ser ainda mais ofuscantemente bela a região do Rio de Janeiro antes de os europeus a descobrirem e foderem tudo. E introduzirem, muito mais tarde, um jogo chamado futebol.

Uma reflexão sobre o futebol, num momento depressivo, quando o seu time perde por quatro a zero quase a terminar o primeiro tempo e você está ali, na boca do túnel, no banco cavado no cimento, tendo uma perspectiva do campo da qual se veem principalmente pernas correndo de um lado para outro em busca de uma pequena esfera de couro, em meio a rugidos ferozes da plateia, pode levá-lo a perguntar-se, numa ânsia súbita de abandono ou entrega ao destino, à velhice, à morte, se faz algum sentido isto: homens e mulheres de todas as idades a gritarem numa paixão histérica por algo que não passa de uma bola entrando nesse ou naquele gol? Caralho, para uma pessoa sensata, que diferença isso pode fazer?

A nossa torcida, entretanto, possui algo de peculiar, pois não passa de umas duas ou três centenas de pessoas, se tanto, acompanhando um time que já se inscreve num campeonato ciente de que não tem a menor possibilidade de ganhá-lo. Quando muito, almeja-se ganhar jogos entre os times pequenos, conseguir um ou outro empate ou vitória contra os grandes e não ser eliminado para o turno seguinte.

Por que, então, continuar? Por quê? Talvez apenas para alimentar uma tradição, pois em algum também tradicional bairro desta cidade um grupo de pessoas abnegadas resolveu um dia fundar um clube e, com o correr dos anos, possivelmente se acostumaram todos com a sua existência e acreditam ser uma heresia matá-lo. Uma tradição existe é para ser continuada.

E há uma torcida, sim, como não? São alguns cidadãos que se reúnem com bandeiras diante da sede do clube, depois de terem passado a manhã de domingo embriagando-se nos botequins do bairro. E talvez haja nisso um certo humor negro, mexicano, de quem observa a própria ferida e ri dela, carregando-a como um estandarte. Faz-me lembrar a torcida de um certo clube inglês, de segunda divisão, que se caracteriza por promover grandes badernas nos jogos em que seu time quase invariavelmente é derrotado. São rapazes que trabalham disciplinadamente a semana inteira nos escritórios, lojas e fábricas — a repetir *"Yes, sir"* a todas as ordens do patrão — e aos sábados vão fazer arruaças e brigar nos estádios por causa de um time absolutamente medíocre.

A derrota pode tornar-se quase uma mística, como o sofrimento cristão. E houve uma época em que até um clube grande como o Corinthians viveu disso. Mas torcer por time pequeno fornece uma individualidade ao torcedor, semelhante à dos membros dos partidos políticos fortemente minoritários. Há nisso algo de sofisticado, como o mau gosto, o *punk*, elevados à categoria de arte. E não se pode negar uma certa dose de sensibilidade, inteligência, nessa atitude, embora voltadas para o mal que, se atinge sobretudo a eles próprios, pode, de repente, voltar-se contra a sociedade. O Partido Nazista Alemão, por exemplo, em seus primórdios...

Bem, deixemos de elucubrações. O juiz apita o final do primeiro tempo e esses mesmos torcedores nos hostilizam atirando pilhas de rádio, laranjas, copinhos de papel, em meio a uma tremenda vaia. Porém uma vaia mesclada de gargalhadas, de autoflagelação, pois eles não nos levam nem se levam a sério como os torcedores dos clubes grandes, que podem chegar a extremos como agressões e, se os deixassem, talvez até ao assassinato.

Bufões, eu diria, se ainda me referisse à Inglaterra. Como lá não estamos, direi claramente que a nossa torcida é composta de moleques.

O silêncio, no vestiário, durante o princípio do intervalo, só é quebrado pelas respirações, que demoram a voltar ao normal. O que pode dizer um técnico já derrotado no meio-tempo? Mandar, no desespero, como um general que reunisse os frangalhos dos seus soldados para a fase decisiva de uma batalha em que não pode render-se, que se lançassem todos ao ataque? Como um touro crivado de bandeirilhas que investisse para a morte?

Não, isso só faria aumentar o fragor da nossa derrota.

— Vocês não seguiram minhas instruções — eu disse, frio, mantendo a mesma calma que criou um mito em torno da minha pessoa. — Vamos fazer, agora, como se fosse um outro jogo que ainda estivesse zero a zero. Vamos usar pelo menos isto a nosso favor: a tranquilidade dos que nada têm a perder. O Jair, por exemplo, está ali quieto, chupando uma laranja. É um indiferente ou um estoico, sei lá. Se dependesse dele, seria até possível virar um jogo desses. Bom, não exageremos: não seria impossível, ao menos, reduzir a diferença na contagem.

— Vamos continuar a fazer... Ou melhor, vamos *começar* a fazer o que eu mandei desde o princípio. Usar os pontas entrando em diagonal, para não levar mais um monte de gols e pelo menos não perder a dignidade.

Foi o que eu disse, em meio a um silêncio de morte, mas não pude evitar que uma gota de suor pingasse do meu rosto sobre o terno branco. Já não sou mais o mesmo, penso, tirando um lenço azul do bolso.

Eu! O que se pode dizer de mim em poucas palavras? Que uso, mesmo nas tardes de verão, um terno imaculado? Que não suo (e para um bom entendedor isso bastaria)? Que sou uma múmia do futebol que se recusa a morrer (e a vida, para mim, sempre foi o futebol)?

Eu — este feixe de sensações diversas e contraditórias e para o qual se aspira, até o fim, a paz e a unidade, como um campeonato ganho e que fosse o último de todos os campeonatos? Aspirações essas que vão se tornando lembranças, cada vez mais, à medida que o tempo se afunila?

Lembranças que podem misturar vagas bandeiras tremulando num estádio; uma chuva grossa, não sei quando ou onde, e eu lá, com um impermeável sobre o terno, gritando para os pontas subirem? Que podem trazer ainda à tona, de repente, um gol perdido no último minuto de um jogo tão decisivo que ficará para sempre, aqui comigo, a marca do que *poderia ter sido* (e *não foi*) se aquela bola entrasse? Ou a memória, ainda, de uma certa tarde em que você foi carregado em triunfo do estádio até a sede de um clube de província, mas consciente de que deveria aproveitar ao máximo aquele momento de glória, porque o efêmero é a constante na vida de um técnico? E por isso mesmo essa lembrança se associando a uma outra, a da imagem de um rosto de mulher a acenar pela última vez da sacada de mais um aeroporto, quando eu estava partindo para sempre e ela ficava?

Eu — um teórico, um estudioso, como dizem, porque fui um dos primeiros técnicos diplomados? E que em suas excursões à Europa ficou conhecido porque, nas tardes e noites livres, em vez de ir aos cabarés frequentava museus e teatros?

Esquecem-se, porém, de que praticamente cresci nas amuradas e alambrados dos estádios e só não passei para o lado de dentro do campo porque mancava de uma perna. E se me deixassem tentar, só mais uma vez, a *tática dos pontas entrando em diagonal*, mas em clube grande, onde os laterais não precisassem jogar tão fixos na defesa e pudessem ocupar o espaço dos pontas que se deslocavam, talvez aí, sim...

Mas não é isso o que estamos querendo, sempre, insaciavelmente? Mais um amor, um último relato (como este?), um derradeiro campeonato? Até que a morte nos interrompa no meio, sempre no meio, como se eu parasse aqui, neste momento, a narrativa e me deixasse vencer, deitando-me e fechando os olhos no banco do vestiário. Mas não; ainda não... Devo levar tudo até o fim.

Eu, que já treinei até time árabe, num emirado. Tratava cada jogador por seu número (e mesmo assim mostrando-o com os dedos), correspondente a um rosto e uma posição, em vez do nome, impronunciável. E mostrava no quadro-negro como esses números deviam posicionar-se; em que momento deveriam correr os pontas, uma fração de segundo depois que o armador os lançasse, para que não fossem pilhados em impedimento.

E fomos campeões. Fácil! "Em terra de cego...", poderiam argumentar vocês... De qualquer modo tornei-me herói nacional e só saí de lá porque gostava de uma cervejinha e, ao contrário, nunca apreciei execuções em praça pública como espetáculo. Eu — um desenraizado sem família, juntando seus cacos, num clube pobre de bairro, a meio caminho entre o centro da cidade e os subúrbios? Eu — um organizador, um cérebro, que já pronunciou até palestra sobre futebol e sua tática na Escola Superior de Guerra? E sempre a Teoria dos Pontas, como uma obsessão. Os pontas como guerrilheiros se infiltrando nos flancos do inimigo. "O Gil. Conhecem o Gil? Me digam: por que o Gil só jogava bem junto com o Rivelino?"

Mas neguei. Neguei àqueles cavalheiros fardados que minha tática tivesse qualquer coisa a ver, além da conquista do campeonato, com a revolução popular vitoriosa naquele emirado muçulmano. Isso não passava, disse a eles, de mais um dos mitos que se criaram em torno desta minha humilde pessoa. E, afinal, era uma conferência ou um interrogatório?

Esta pessoa — Eu! —, um mundo que se organiza, aqui, em palavras a se movimentarem como moscas em meu cérebro e que, ditas por minha boca aos atletas do meu clube, deveriam servir, ali no campo, para transformar uma realidade adversa?

Eu, um discurso que se articula e se pretende íntegro e real para si e para os outros? Mas não será isso uma convenção, artifício que a qualquer momento poderá estilhaçar-se, esse eu que pronuncia para si e para os outros tal discurso, texto (imaginário?)? Esse *eu* que se transforma em *outro* na medida em que *dele* falo?

Mas é como se apenas assim, através deste discurso, tornasse-me *eu* existente, a ilusão se materializasse, o caos se estruturando para formar uma realidade além da alucinação. Como se desse modo, somente, pudesse eu sentar-me outra vez no banco próximo ao gramado, compreender-me dentro de uma função,

78

a de técnico de um time derrotado. Sabendo, estoicamente, que tem de haver alguém que faça esse papel, como tem de existir um modesto bandeirinha (que às vezes querem esganar), gandulas, espectadores, funcionários do estádio, todos nós acreditando — ou fingindo acreditar — no JOGO. Eu! Recolocando-me agora esta máscara, quase impassível como a de um ator japonês, mas compenetrando-me tanto deste meu papel que dou agora tapinhas de incentivo nas costas dos meus comandados que sobem os degraus que levam ao campo — e chego a dizer para eles, contrariando o meu estilo: "Vamos lá rapaziada".

O quinto gol nasceu num momento da partida em que, talvez pelo desinteresse deles, tínhamos pela primeira vez um leve predomínio territorial e tático. O Jair pudera deixar um pouco a cabeça de área e lançava os pontas e os homens do meio, que já não recuavam tanto. O quinto gol deles nasceu da superioridade técnica de um jogador que, sozinho, ganha mais de salário que o nosso time inteiro. O quinto gol deles nasceu de uma jogada dessas que valem por si um espetáculo e o torcedor a leva para casa na memória e vai revê-la na televisão, chamando a atenção da mulher que pouco liga para futebol.

O quinto gol deles foi num chute de fora da área, mas não um balaço desses que se desferem quase a esmo quando não há ninguém mais bem colocado para receber um passe. O quinto gol deles nasceu quando o jogador número dez, recebendo de costas para o gol uma bola em nossa intermediária, deu um balãozinho nela sobre um defensor que vinha em seu encalço. E, ao virar-se, viu-se frente a frente com a baliza, mas a muita distância.

Com essa inteligência espacial que faz um grande jogador,

ele percebeu instantaneamente que o goleiro se encontrava levemente adiantado. E bateu assim com o lado do pé e de efeito, de modo que a bola, além do impulso para cima, rodopiava em seu próprio eixo e veio descaindo, descaindo, enquanto o nosso goleiro, bem ao seu estilo, se espichava todo, para trás e também para o canto do gol, com muita elasticidade mas insuficiente para alcançar a bola morrendo suavemente nas malhas, como se, desprovida de peso, fosse permanecer para sempre suspensa nas redes.

O que mais dizer senão pôr fim ao que já está findo? Que o time deles, prendendo a bola, já se guarda para uma próxima partida? Que alguns torcedores já se levantam para deixar tão cedo o estádio? Que também os nossos atletas, burocraticamente, apenas cumprem um compromisso, satisfazendo-se em não esgotar-se inutilmente? E que, por isso mesmo, levaram mais um gol que não levariam caso se mantivessem aguerridos? Um desses gols rotineiros, quando alguém em vez de bater direto uma falta o faz para um companheiro desmarcado por displicência da nossa defesa e que a emenda de primeira, num gol que nada acrescentou à partida, apenas à nossa humilhação em números?

A monotonia, a rotina, a calmaria são temidas por muitos porque não podem suportar a si mesmos, sua solidão. É esse o motivo por que vêm eles aos estádios: a necessidade ansiosa de preencher, na emoção, os vazios dentro de si. E as vaias se fazem ouvir de todos os cantos do Maracanã. Por parte da nossa torcida, não se precisa explicar por quê. Por parte da deles, porque são insaciáveis, não podem suportar nem um minuto de monotonia, mesmo com um marcador de seis a zero.

Quanto a mim, agora está tudo bem. Relaxo-me diante do inevitável, acendo um cigarro, desfruto daquele cansaço bom. Desfruto desse momento vago em que não se pensa em nada, nem mesmo na próxima partida, porque não haverá para mim uma próxima partida.

Mas é também desses momentos de calmaria que pode aproveitar-se alguém tão paciente e à espreita como um guerrilheiro ou um jagunço na tocaia. Alguém como o Jair. Ele está jogando como sempre, jogando o que sabe. Talvez o seu modo de atuar nem mais se ressinta, emocionalmente, dos resultados. É um profissional.

Veio uma bola no pé dele, não veio? Quase na meia-lua da nossa área. O garoto da ponta esquerda correu velozmente para o meio e abriu um claro, como se somente agora compreendesse em toda a sua extensão a nossa tática.

O Jair lança uma bola de cinquenta metros — sim, cinquenta metros — que vai cair macia entre o central e o lateral direito deles, numa zona morta na intermediária. Dessas bolas maliciosas que um zagueiro deixa para o outro, pensando que o outro é quem vai.

O garoto da camisa onze entra por ali, pisa na área com a bola já dominada e, talvez por causa da tranquilidade de um placar tão adverso, tem a calma de esperar a saída do goleiro e toca levemente no canto.

Em termos táticos foi a melhor jogada da tarde, mas quem irá lembrar-se disso, o gol de honra de um time que foi massacrado?

O garoto da camisa onze nem recebeu abraços. E se a nossa torcida comemora, é de gozação. Esse reles gol vai lhes dar motivo para descer em pandemônio a rampa das arquibancadas, ir seguindo a pé até a praça da Bandeira, onde param num botequim e, depois, até o bairro de São Cristóvão, a rua Figueira de Melo, onde poderão tomar as últimas cervejas deste domingo. Para depois chegarem em casa e atirarem-se na cama, numa espécie de estupor que vai durar até segunda-feira de manhã cedinho.

O garoto da camisa onze sabe dessas coisas todas e não se dirige aos companheiros para os abraços ou à torcida. Ele volta ao seu campo numa corridinha, mas não para ali, em sua posição, para a nova saída. Caminha, agora, um pouco mais, chega perto do túnel e faz-me um sinal com o polegar direito para cima. Este entendeu. E está agradecido.

Dou uma tossidinha, quase um pigarro, e o massagista me olha de lado. Já trabalhamos juntos em vários clubes, ele me conhece bem. E quem diria, ficar eu assim, quase emocionado, por um golzinho desses? É, talvez já seja a hora...

Ainda levaremos um sétimo gol, mas o garoto da camisa onze sairá daqui pensativo, alguma coisa aconteceu dentro dele. Ninguém falará nesse gol; ele e o garoto serão um pequeno número na estatística do campeonato nos jornais. Lá, no final da lista, o seu nome: "Evilásio — São Cristóvão — 1 gol".

Porém, no meio do desânimo geral entre os nossos, haverá no vestiário e depois chegando a uma pequena casa de subúrbio um jovem ponta-esquerda que jogou pela primeira vez no Maracanã e marcou um gol. Um gol nascido de um lance bem planejado e executado, e ele, o garoto, terá aprendido alguma coisa a mais sobre futebol.

Futebol é uma coisa com a qual já se nasce para ser bom ou não. Mas aprimorar, se aprimora. Daqui a algum tempo esse garoto jogará em algum time mediano. O América, por exemplo. Vai ser um ponta de recursos, podendo fazer o terceiro homem da meia-cancha ou jogar bem na frente, marcando gols como o de hoje. O importante é o talento, a inteligência, e isso parece que ele tem. Com alguma sorte, um técnico em apuros poderá pedir sua contratação para ser útil num momento de crise num Fluminense ou Botafogo. E quem sabe, um dia, uma reserva na Seleção?

Ninguém vai além das suas possibilidades, mas um homem que se conhece bem pode atingir o ápice dentro dessas possibilidades. O que me lembra o Dirceu, um ponta apenas bom, mas inteligente e que se agigantava nos momentos críticos da Seleção brasileira. Hoje está rico, jogando fora do país.

Na minha idade, porra, será que estou virando também um sonhador?

— Todos nós respeitamos o seu passado e a sua competência — disse o nosso Diretor, já no vestiário, com a mão no meu ombro. — Mas, você entende, os associados querem resultados, e sete a um contra a gente é demais. São Cristóvão é um bairro tradicional, e o nosso clube, uma verdadeira instituição. O Presidente fica mal.

"Banqueiro de bicho tem um nome a zelar", eu penso, mas não digo. Dou um tapinha nas costas do Diretor, como se fosse ele, em seu embaraço, quem precisasse de consolo. E o que digo é apenas isto: — Amanhã passo lá no clube para acertar as contas e pegar meu material.

Sim, São Cristóvão é um bairro tradicional e o clube do mesmo nome uma verdadeira instituição. Sem o São Cristóvão o campeonato carioca não seria o mesmo campeonato. Afinal, o time serve para levar goleadas dos grandes, o que desafoga as torcidas de massa. Está certo que, como todos os pequenos, de vez em quando vai lá e apronta alguma surpresa. E que, uma vez, embora pouca gente saiba, o time foi até campeão. Mas isso foi no tempo, se não me engano, de um centroavante artilheiro chamado Caxambu. Depois o time e o clube foram marrando, mirrando, até ficarem do jeito que estão. Porém o maior vexame de sua história não foi por causa de uma derrota, mas quando a revista *Realidade* publicou matéria sobre a decadência do clube, com as fotos de umas cabras pastando no gramado de Figueira de Melo.

Figueira de Melo, apesar de todos desconhecerem quem foi tão ilustre cidadão, é o nome de uma das ruas mais tradicionais deste bairro tão tradicional. Mas nem a rua é mais a mesma depois que construíram um viaduto por ali. E viaduto, todo mundo sabe, só é bom para quem passa por cima dele. Ou seja, quem passa de carro. Por baixo, vira uma verdadeira desolação: escuro, fuligem e tristeza. Quem anda por baixo de viaduto sempre parece que está querendo se esconder.

E é por ali que passo, agora, vestindo um terno igual a sempre; mancando um pouco igual a sempre e carregando a sacola com o meu material; mas também de cabeça erguida igual a sempre, como o médio apoiador que poderia ter sido, não fosse o defeito físico. Com uma noção do espaço todo ao meu redor, sem necessidade de olhar fixo para parte alguma. Como o Jair.

Atrás de mim ficaram a sede e o campo do clube, onde as grandes equipes como Flamengo, Fluminense e Vasco não vêm mais jogar. O estádio não comporta a torcida deles, que, nas últimas vezes em que lotou as arquibancadas, costumava entoar em coro para a Social do Clube: "É galinheiro; é galinheiro".

No fundo, toda torcida, de clube grande ou pequeno, é na sua maioria composta de gente pobre. E não há gozação mais cruel do que a do pobre contra pobre. E já vi muito negro nas gerais chamar outro negro dentro do campo de *macaco*. Mas o que joga atualmente aqui é só Madureira, Serrano, Olaria, Volta Redonda. E como lá de cima do viaduto se tem uma visão razoável do campo, em dia de jogo fica cheio desse tipo de gente que assiste a qualquer espetáculo desde que seja de graça.

Um bairro, quando ali se mora há algum tempo, faz você ficar impregnado dele, sabê-lo de cor, ainda que você seja um cego ou quase não saia de casa, como minha mãe. Esse bairro é São Cristóvão, com sua tonalidade cinza, suas pequenas indústrias, oficinas mecânicas, lojas de autopeças, a Feira dos Nordestinos, o Pavilhão de Exposições. E, por fim, o Quartel, que fez durante tanto tempo os locutores esportivos, com seus lugares-comuns, apelidarem de *cadetes* os jogadores do clube, com seu imutável uniforme branco.

Todo bairro, porém, tem seus segredos e, virando uma rua à direita aqui; outra ruazinha à esquerda, ali, de repente você caminhou no tempo para trás e está no Rio antigo com seus velhos costumes, senhoras e velhos nas janelas das casas, uma ou outra cadeira que se põe na calçada, crianças brincando na rua, namoros de varanda e esquina, botequins com mesinhas de tampo de mármore, onde, de vez em quando, se improvisa uma roda de choro ou de samba.

É num desses botequins que vou agora me sentar. A perna dói um pouco, como sempre, do que nunca me queixei. E com uma *branquinha* e uma cerveja a gente sempre suporta melhor. Agora não preciso dar exemplo a atleta nenhum, isso é problema do próximo treinador.

O português do balcão não me pergunta nada, só o que vou

beber. Já deve saber pelo rádio da notícia da minha demissão. E se não for notícia para dar no rádio, os fatos correm rápido de boca em boca por ali.

Lá no fundo, no cantinho, está mais fresco e posso observar um pequeno trecho da rua que, aos poucos, vai escurecendo. Posso também ver direito e logo quem entra no botequim. Se vale a pena fazer sinal de amizade, convidar para sentar ou não. Se for desportista antigo, convido ainda que ele esteja caindo de bêbado e venha com lamentações do passado e do futebol. Mas do que mais gosto é apenas ver e ouvir, quando o papo está a uma pequena distância de mim. Mecânicos, industriários, carregadores, funcionários aposentados, pequenos marginais. Falando de coisas do trabalho, da cidade, da vida, do futebol.

Quando a gente não tem nenhum compromisso imediato, presta atenção até nos pios dos pardais na hora em que eles se recolhem às árvores. Gosto mais ainda de canto de cigarra, quando é verão, e depois o escuro da rua, as pessoas chegando do trabalho; as mocinhas, do colégio.

Aí é hora de eu ir também. Aprumado, ainda, apesar das duas caninhas e da cerveja. Passando, agora, diante de uma janela onde uma criança, confiante, se deixa segurar no parapeito pelo avô. Logo depois uma menina de uniforme que se abraça a um rapaz junto a um poste, olhando para os dois lados, como se namorasse escondida da família. Mais adiante, um guarda que pouco liga para um bêbado escornado na calçada.

E, envolvendo tudo, um ruído de vozes em novela de TV e um cheiro de janta requentada. Minha mãe também está lá, esquentando o feijão, levemente inquieta com minha demora, anormal numa segunda-feira, dia que nunca tem treino no clube. Vou comer, tomar um banho, vestir o pijama, ver televisão. Tenho um dinheirinho guardado, desses anos todos de futebol. Com ou sem emprego no clube, talvez continue morando por ali. Gostei. Às vezes tem umas brigas feias de botequim, bagunça em dias de jogo, assaltos noturnos, mas não pior do que nos outros bairros da cidade.

Filho que mora sozinho com a mãe pode ter cinquenta anos que ainda é tratado como menino. E menino com defeito físico, sabe-se como é: a mãe protege ainda mais, principalmente se o pai morreu cedo.

Chego em casa, os talheres e pratos já estão na mesa, beijo minha mãe, sento e logo depois já vêm o bife, a salada, o arroz e o feijão.

Por que não me casei? Para não deixar a velha sozinha? Como explicar, então, que fui logo mexer com futebol: viagens, jogos, concentrações? Será, pois, verdade aquilo que às vezes murmuram sobre mim? Esses cochichos, você nunca os escuta ou alguém conta a você, mas você os sente no ar. Mas que importa, de fato, o que cochicham sobre você? O problema é muito mais deles do que seu.

E sabem lá o que é ir a uma festa ou a um cabaré e ter vergonha de dançar? Sabem lá o que é esconder-se atrás de uma janela e olhar pelas frestas os outros meninos jogando bola? A coisa mais importante do mundo, naquela hora, é ser um deles. Então você começa a realizar com a cabeça aquilo que os outros podem fazer com o corpo e os pés. Isso é um modo de você estar ali presente; fazer os seus gols usando os pés deles.

Bom, essa pode ser uma explicação. Uma pessoa age de um certo modo na vida e pode-se dar um monte de explicações, mas tanto faz uma como outra, talvez. O que é uma verdade? Palavras lógicas e convincentes na boca de alguém ou num pedaço de papel?

* * *

Um quarto de paredes vazias, mobiliado apenas com uma cama de ferro, mesinha de cabeceira e um pequeno armário é ideal para um homem sozinho dormir. Você não se dispersa com nada, adormece logo e bem. Um costume, talvez, adquirido em anos e anos de horários rígidos do futebol. Antes eu punha em cima do armário uns troféus, fotografias de jogos importantes na parede, coisas assim. Depois fui tirando aos poucos tudo, até ficar do jeito que está.

Lá pelas onze da noite, quando acaba a última novela, minha mãe prepara um copo de leite para mim. Desde os tempos de criança esse sempre foi um sinal para eu ir dormir, o que nunca demora a acontecer. Às vezes, porém, no meio da madrugada, você é despertado por alguma conversa de rua, retardatários da boêmia ou de gente, já, caminhando para o trabalho, em alguma obra de construção longe daqui. Ou às vezes é uma harmonia tão de leve que o vai impregnando aos poucos, de um cavaquinho ou flauta, vozes cantando ao longe, o bater quase inaudível de caixas de fósforos, que você logo reconhece, como nunca, que é uma pessoa tal na noite tal de um bairro tal que só pode ser no Rio de Janeiro.

Noutras noites, no entanto, é de repente um único som breve e cortante que o arranca do sono sem você saber de onde veio tal som ou o que foi que o produziu. Pois quando você despertou ele não mais se fazia ouvir, esse som que o transporta a um daqueles momentos fugidios quando um homem não sabe onde se encontra ou quando. E tateando dentro de si, numa associação que não é bem por palavras, mas misturando, por exemplo, o barulho e o movimento imaginados do mar ao cheiro de peixe e um vento frio, você intui que ouviu o apito de um navio, ao longe, no meio da cerração, e você, que já viajou tanto, ainda não se deu conta, naquele quarto tão nu, se o lugar onde despertou é a sua casa, São Cristóvão — com o porto não muito distante dali —, ou algum hotel em Fortaleza ou Natal, ou em alguma cidade tão longínqua e improvável quanto Marselha ou Tenerife e, ainda, contra qual time seu clube irá jogar e por que razão. Se um simples amistoso ou a disputa de uma taça importante, nacional ou internacional.

Se você acorda e possui um emprego, um tempo presente a viver, logo acabará por acertar sua cabeça, mais ou menos assim: "Hoje é terça-feira e às nove horas tem treino".

Mas se tudo isso terminou, você precisa procurar pensamentos e palavras para organizar um passado, a única forma de sentir-se uma pessoa real.

E há outras noites, então, de um escuro total que não é violado por som ou movimento algum e dentro das quais alguém acorda sem o calor de uma pessoa a seu lado ou nem mesmo um sonho recente que se torne uma referência. E esse homem, se se pode chamá-lo assim nesse momento — esse infinito instantâneo —, não só desconhece quem é, onde está e por quê, como também, mais obscuramente, demora uma pequena fração atônita de tempo para perceber, até, que se encontra vivo.

Almoço de confraternização

A Taverna Ouro se situa — em algum momento deste século — na confluência da avenida dos Revoltosos com a praça do Repúdio. Agora, ali naquela mesa, dois homens estão sentados para o almoço. Um deles veste uma farda cheia de condecorações e usa cabelo à escovinha. Embora aparentando uns sessenta anos, seu físico é aprumado e seu rosto, de queixo quadrado, denota aquilo que os analistas de tipos humanos comumente chamam de *determinação*. Já seu companheiro de mesa é quase inteiramente calvo e seu físico, de um gordo que andou emagrecendo. Ele veste um terno azul-marinho, discreto, embora mal adaptado ao corpo. Como se fosse um terno emprestado de outra pessoa.

São eles, com certeza, homens bem conhecidos na cidade, pois dos vários pontos do restaurante lançam-lhes olhares curiosos. Das mesas mais próximas aos dois, principalmente, alguns homens — vestidos com um azul-marinho idêntico ao do homem mais gordo e calvo — passeiam seus olhos desde a porta da

Taverna, passando fixamente pelos demais fregueses, até pousarem, abrandados, figura do homem de farda.

Sim, homens bem conhecidos na cidade, agora que, colocando meus óculos, identifico um deles pelas fotografias dos jornais. Nada menos que o Marechal Rosalvo. Vice-Presidente do Conselho Provisório e que, em pessoa, não me parece tão impressionante. O outro é o Senador Arcângelo, líder da Oposição no Congresso recentemente dissolvido. Talvez não o tenha reconhecido logo por causa da sua palidez, o terno deselegante e porque emagreceu.

Quanto aos vigilantes senhores, com seus ternos e bigodes, não há como disfarçar sua condição de polícia civil, guarda-costas. Só os policiais ainda usam grandes bigodes e ternos azul-marinho neste país quente e que moderniza, progressivamente, seu vestuário. Por isso mesmo é de estranhar a roupa idêntica e mal ajustada do Senador.

Mas agora é preciso prestar atenção à entrada de um fotógrafo que, ao caminhar rumo àquela mesa, foi barrado por um dos guarda-costas. Enquanto isso, eu, que estou próximo, escuto (ou imagino escutar) o Marechal dizer suavemente ao seu companheiro de mesa:

— Sorria.

E efetivamente o Senador esboça um fraco sorriso.

— Mais. Sorria mais — teria insistido o Marechal.

O Senador arreganha a boca, deixando entrever dois dentes partidos.

— Pode diminuir — parece ter dito o Marechal. — Antes estava bem.

E logo depois faz um ligeiro sinal para o homem que segura o braço do fotógrafo. O homem solta o fotógrafo e diz: — Pode bater.

O fotógrafo, aproximando-se da mesa e depois passeando

pela Taverna, bate fotos de vários ângulos. E logo se dirige ao fundo do restaurante, onde pousa sua máquina sobre o balcão.

Agora é Antônio, o garçom espanhol que todos têm em alta consideração, quem traz, com um sorriso, aperitivos para o Marechal e o Senador. É Cintilla, aguardente popular, típica deste país. O que todos os circunstantes não deixam de notar, com sorrisos de simpatia para os dois homens públicos. De uma das mesas de fundo, escuta-se alguém falar deliberadamente em voz alta uma frase relativa "à paz político-social que retorna a esta Ilha". Quando, então, seu companheiro de mesa anota depressa num bloquinho a frase patriótica que se acaba de pronunciar. É sem dúvida um jornalista. Talvez de um matutino que se fundou nestes novos dias e que se intitula precisamente assim: *Novos Dias*. Quanto ao autor da frase, todos já o reconheceram. É o Deputado Manoel Olivares, em vias de sair de um certo ostracismo para prestar *seus inestimáveis serviços ao Poder Executivo*.

Mas não percamos de vista o Marechal Rosalvo e o Senador Arcângelo, principais protagonistas deste episódio a que assistimos. Eles acabam de brindar à saúde de ambos ao "glorioso destino da nossa Nação". Gesto que, devidamente registrado pelo fotógrafo, é repetido nos quatro cantos da Taverna. Assim é o nosso povo: sempre disposto a celebrações entusiásticas.

E o Marechal, num gesto tipicamente de macho, emborca seu cálice de um só gole, como costumam fazer os homens mais bravos desta Ilha. Já o Senador bebe aos pouquinhos. De repente ele para e leva o guardanapo à boca, como se sentisse náuseas.

O Marechal parece preocupado:

— Não beba, se não estiver com vontade — é o que leio nos lábios do Marechal.

— Obrigado — diz o Senador, pousando seu copo sobre a mesa.

— Agora fale uma coisa e de vez em quando sorria. Principalmente procure ficar relaxado.

— Falar o quê?

— Qualquer coisa, o importante é que nos vejam conversando.

Sim, talvez tenha sido precisamente este o diálogo, pois o Senador se põe a falar. É evidente que a presença do outro o intimida. E o Senador fala muito baixo. Talvez alguma reclamação. Algo, quem sabe, relativo a lençóis, alimentação, banhos de sol. O Marechal escuta-o com um leve sorriso e sua frase de resposta bem pode ter sido essa.

— Boa comida é que o senhor irá ter. Imediatamente. Agora fale alguma coisa menos depressiva.

O Marechal parece achar muita graça em suas próprias palavras e ri espalhafatosamente, o que o fotógrafo não deixa de registrar. E neste exato momento, quando o Marechal ri e o garçom se aproxima com travessas fumegantes, percebo que o pé do militar pisa o pé do Senador. Um detalhe insignificante, um pequeno descuido, talvez.

O que interessa é que o garçom serve aos dois grandes porções de porco selvagem que, com feijões, formam o prato típico da nossa Ilha. E, pela primeira vez, observa-se algo que o Senador faz com evidente vontade: comer. A tal ponto que o Marechal tem de intervir, constrangido.

— Coma devagar — talvez ele tenha dito, um pouco antes de olhar para os lados e sorrir, disfarçando.

O Senador, com a boca cheia, parece agredir o outro com os olhos, mas não deixa de comer, embora com mais moderação. Faz uma pausa, bebe um gole de água mineral e depois recomeça a falar, baixinho. E mesmo para quem está acostumado a ler lábios ou ouvir atrás de portas (um dos vícios mais recentes do nosso povo), não é fácil registrar uma conversação corrente, principalmente de quem também mastiga. Mas sempre se pode apelar para a imaginação. A imaginação que sempre contém um pouco da realidade ou vice-versa. E eu, afinal, vivo disso: da minha imaginação.

— Está quente este verão — estará dizendo o Marechal, com a entonação irônica de quem dá às palavras um sentido ambíguo.

— Mas isso é bom para o turismo. Ou estarão vindo menos turistas nesta temporada, Marechal?

— Eles terminarão por vir. Se não for no verão, será no outono.

— Sim, nossa terra tem belas praias. Os turistas gostam de nossas belas praias.

— E de nossas mulheres — falou o Marechal, piscando maliciosamente.

— E de nossas mulheres — repetiu o Senador, melancólico.

— E de porco com feijões — disse o Marechal, ao examinar um bom bocado e enfiá-los na boca.

— Sim, e de porco com feijões.

— E de Cintilla — acrescentou o Marechal, enquanto bebia mais um gole.

— Sim, e de Cintilla.

— E de nossa música — prosseguiu o Marechal, conhecido por sua presença de espírito, ao olhar para o estrado da orquestra, neste momento em que os músicos tomam seus lugares. Eles certamente foram chamados às pressas para alegrar a refeição dos dois homens públicos, o que se estende, por feliz coincidência, a todos aqueles que hoje vieram aqui almoçar. Normalmente, eles só tocam durante as noites, fazendo da Taverna Ouro um dos lugares mais divertidos da Capital. Aqui, durante as noites, há efusões de todos os tipos: danças, brigas, comércios clandestinos, apostas e, por vezes, discute-se em voz baixa os acontecimentos políticos.

E estes músicos fazem soar, agora, os primeiros acordes de "Deus Guarde a Nossa Farta Mesa", uma de nossas canções mais populares e tradicionais. Esta canção que tanto nos emociona e também entusiasma os gringos bêbados que, no entanto, não a compreendem. Ela fala das coisas boas que nunca deveriam faltar a um homem, mas, no entanto, faltam. E dificilmente um gringo pode compreender isso como o nosso povo.

Uma das características desta canção é sempre trazer lágrimas aos olhos daqueles que a escutam. Eu não constituo exceção, o Marechal não constitui exceção, o Senador não constitui exceção. E nossos olhos estão úmidos, como os olhos de todos. Só que nos olhos do Senador rolam mais lágrimas do que permite, nos homens, o bom-tom.

— Não seja tão sentimental — poderia estar dizendo baixinho o Marechal ao Senador.

Porém nos outros, mais sensíveis, poderíamos justificar pela imensa nostalgia o sentimentalismo excessivo do Senador. Pois o Senador pode muito bem estar se recordando das noites envolventes de nossa Ilha. "Nossa ilha tem noites de veludo", escreveu um dia certo poeta e cronista, aliás este vosso modesto servo. Noites que talvez tenham terminado para o Senador. Talvez por algum tempo, talvez para sempre. Quem pode ter certeza do destino de um homem nesses dias? Talvez o Senador aspire melancolicamente passear apenas mais uma vez, durante a noite, por nossas estreitas ruas coloniais. Talvez se tenham redespertado nos sentidos do Senador o cheiro de maresia, o ruído das canções entoadas em tavernas malditas, a lembrança das mulheres sussurrando do fundo dos becos, o odor de peixe, o bater contínuo do Oceano Atlântico, indiferente à sorte dos homens.

Mas não devemos nos perder em divagações. Afinal, o que interessa para um cronista são principalmente os fatos. E um destes fatos é que, durante os últimos acordes de "Deus Guarde a Nossa Farta Mesa", o Marechal estende um lenço branco e rendado ao Senador. O Senador pega o lenço e enxuga os olhos. E o povo o aplaude. Não sabemos se o povo aplaude a canção belissimamente executada ou o gesto do Marechal. O nosso povo, em certas ocasiões, costuma ser alegre e generoso: ama os desafios, a boa mesa, a boa música, as belas mulheres, os gestos galantes. Assim é a nossa gente, embora nesta hora de almoço a Taverna seja frequentada sobretudo por comerciantes, altos funcionários, jornalistas, políticos. E eles começam agora a se dispersar, rumo ao trabalho de todos os dias. Mais tarde, certamente, voltarão para um último cálice antes de ir para casa. E serão substituídos pela massa mais ruidosa e irreverente, o verdadeiro povo desta Ilha.

E também na mesa do Senador e do Marechal, quando agora o garçom retira pratos e talheres, há bocejos que não se escondem, palitar de dentes. E o Marechal olha impaciente o seu relógio. Lá fora já estacionou um automóvel negro, luxuoso, com a bandeirinha do País tremulando na antena de rádio e o motorista segurando respeitosamente uma porta aberta.

— O senhor não faz questão da sobremesa, não é mesmo Senador? — eu tenho quase certeza de que foi esta a pergunta do Marechal.

— Não, não faço.

Mas eu também tenho quase certeza de que o Senador apreciaria perdidamente comer um pouco de doce com queijo e depois tomar um café, antes de deliciar-se com um dos grandes charutos que faziam parte de seus hábitos característicos. Os grandes charutos que sempre apareciam nos retratos do Senador. E muitas vezes, quando viam uma brasa queimando numa mesa de fundo de um cabaré, os boêmios cochichavam entre si: "Lá está o Senador Arcângelo com uma bela mulher".

Porém não irá haver charutos, sobremesa ou café. O Marechal, todos sabem, é um homem excessivamente ocupado. Talvez nem tanto, agora, o Senador. Os dois se levantam simultaneamente e se dirigem para a porta, acompanhados pelos homens de terno azul-marinho. Julgar-se-ia, à primeira vista, que os dois fossem até entrar no mesmo carro. Mas não.

Já na calçada, sob os olhares dos pedestres e a câmera atenta do fotógrafo, o Marechal e o Senador se abraçam e se apertam as mãos.

— Até à vista, Senador — são as palavras que caberiam muito bem como despedida na boca do Marechal que, entrando no carro, acena para o povo, sem esperar resposta. E o carro parte em velocidade, precedido pela sirene dos batedores, em direção à praça do Palácio.

Já o Senador, em outro carro, também negro, senta-se no banco traseiro, entre dois homens de terno azul-marinho e vastos bigodes. Este é um carro que não chama a atenção. Apenas um carro negro, com vários homens de terno, a percorrer silenciosamente a avenida dos Revoltosos que, partindo da praça do Repúdio, vai terminar, depois de vários quilômetros, no Presídio Municipal.

A Taverna Ouro, como já foi dito, se situa nesta confluência da avenida dos Revoltosos com a praça do Repúdio. Agora, ali dentro, há poucas mesas ocupadas e os músicos recolheram seus instrumentos para voltarem a um sono interrompido. Numa dessas poucas mesas estou sentado eu, poeta e cronista desta Ilha, como costumava chamar-me nossa gente no tempo que ainda se apreciavam os belos poemas e as maliciosas crônicas boêmias nos jornais.

Então eu, poeta e cronista, como todos aqueles que sabem preservar suas amizades e fontes de informação deixo uma boa gorjeta para o meu garçom, trocando com ele algumas palavras. E pego meu guardanapo, onde estão rabiscadas várias frases numa caligrafia incompreensível que só mesmo eu poderei decifrar. E agora levanto-me para voltar para casa, a pouca distância daqui. Um lobo solitário como eu — e ainda mais em minha profissão — deve morar perto do centro nervoso dos acontecimentos. E a Taverna Ouro faz parte do centro nervoso dos acontecimentos.

Andando os cinco quarteirões que me separam de casa, esqueço por um instante estas anotações e aquilo que ficou registrado em meu cérebro. Esqueço-me de tudo para sentir mais uma vez a atmosfera de nossas estreitas ruas coloniais, o cheiro de maresia e de peixe. Para escutar de novo o sussurro das mulheres que chamam do fundo dos becos e o bater contínuo do Oceano Atlântico, indiferente à sorte dos homens.

Mas é curioso que, desta vez, não percebo essas coisas em si mesmas, a me penetrarem; e sim como se fosse o Senador Arcângelo percebendo essas mesmas coisas. Como se fosse o Senador em seu último passeio por nossas ruas.

E penso também que, ao chegar em casa, antes de dormir um pouco, guardarei sob o colchão as anotações escritas no guardanapo amarrotado. Estas anotações que, somadas aos registros da memória e aos informes de Antônio, o velho garçom espanhol, servirão para montar as peças de uma pequena estória que, somada a outras pequenas estórias, poderão montar uma história maior.

Uma estória que escreverei sem pressa (por que haverão de ter pressa velhos escribas solitários?) e depois guardarei num canto qualquer desta casa empoeirada. Se não for possível torná-la pública um dia, sempre se pode passar algumas cópias a amigos de confiança. Não me esquecendo dos detalhes que ainda estão por vir. Que, por exemplo, no noticiário da noite, o locutor dirá que reina a calma em toda a Ilha, o que não será de todo inverídico.

E que, no dia seguinte, haverá nos jornais manchetes relativas à União Nacional, além, é claro, de algumas fotos tiradas em certo almoço de confraternização. Talvez no momento exato em que o Marechal e o Senador, juntamente com todos — quase todos — os fregueses da Taverna Ouro, brindavam com cálices de Cintilla.

E quem sabe, com um pouco de sorte, aparecerá também na foto do brinde minha modesta pessoa? Eu, logo ali atrás, com meu cálice de Cintilla pousado na mesa, enquanto palito nos dentes restos de porco selvagem. Um pouco de sorte, digo, porque poderei provar que estava mesmo ali, naquele instante, presenciando os acontecimentos históricos.

O submarino alemão

Sonhei, certa noite, que meu pai encontrara um submarino afundado. Não estávamos, eu e meu pai, diante do litoral ou num barco. Estávamos numa casa só nós dois e, na vida real, meu pai não se parece com um desportista ou um aventureiro. É antes um desses heróis do cotidiano de que fala Ernest Becker. E como se verá coerentemente dentro do sonho, um homem que aceita os riscos das suas responsabilidades.

Na casa do sonho havia uma janela, sobre a qual eu e depois meu pai nos debruçaríamos um pouco mais tarde, e que não revelava paisagem alguma. Se se pudesse retornar aos sonhos, gostaria de examinar atentamente o que havia depois dessa janela, ainda que fosse um completo vazio.

Sendo isso impossível, a não ser, talvez, quando ainda se está naquela soleira entre o sono e a vigília (fronteira que, acredito, possibilita uma espécie de retorno), limitei-me a fixar na memória, logo que acordado, o essencial deste sonho.

Meu pai encontrou de alguma forma o submarino. Também de alguma forma, sem necessidade de palavras, ele me comuni-

100

ca o achado. O submarino está nos fundos da casa e é preciso abri-lo. É como se meu pai devesse assumir esta responsabilidade. Quanto a mim, esquivo-me, acovardado. Sei que, a par do macabro da cena, os cadáveres dos membros da tripulação estarão se decompondo. É um submarino alemão afundado durante a Segunda Guerra, mas no sonho tudo se passou recentemente. Afasto-me para a janela e tenso (sentindo o medo em forma de tremores, náusea e taquicardia), aguardo o retorno de meu pai. O que acontece imediatamente, pois nos sonhos eliminam-se os intervalos supérfluos, a marcação é de uma simultaneidade caótica.

Meu pai já voltou à sala e aproxima-se da janela que dá para paisagem nenhuma, onde o espero. Ia escrever, agora, que meu pai voltou pálido, mas não se trata disso. A *palidez* é um artifício literário e o mais certo seria dizer que, no sonho, "sei" das emoções do meu pai, que são a do próprio sonhador. E uma determinada "palidez" corresponderia a essas emoções.

— Estão todos mortos? — pergunto.

— Sim, é horrível. Eles estão caídos no chão e há um mapa. O mapa esvoaçava no meio dos corpos. O cheiro é pavoroso.

Meu pai, à janela, contrai-se todo em engulhos de náusea. Porém acrescenta, infantil: — Vi até os instrumentos do submarino.

Preocupado com ele ou talvez procurando uma saída, pergunto:

— O senhor não vem jantar com a gente?

— Não. Acho que vou passar mal.

De qualquer modo, não se vê na sala pessoa da família ou mesa posta para o jantar. Termina aí o sonho e acordo muito emocionado.

Como nomear tais emoções? Apesar da sensação caracte-

101

rística no estômago, o bater acelerado no coração, o medo não as explicaria completamente. Digamos que é um misto de fascinação e recuo, a ambiguidade das aventuras, das experiências fortes. O corpo conhece isso melhor do que as palavras.

Coisa semelhante eu sentia quando aprendi, durante um pequeno período da minha vida, a pilotar aviões muito pequenos. Só que não havia nada parecido com esse nojo macabro. Uma determinada margem de risco, certo, mas o avião é asséptico, cheirando à gasolina. Lá no alto pode-se abrir a janela, sentir o vento frio no rosto, entusiasmar-se com a solidão e o poder. E se os nervos e músculos continuarem contraídos, o estômago ruim, o coração solto, é aconselhável forçar-se a qualquer manobra mais audaciosa, como as chamadas "perdas". Apontando-se o nariz do avião para cima, este vai subindo, até perder a sustentação, caindo então num mergulho que é facilmente corrigível depois, se se tem suficiente altura para recuperar a velocidade de cruzeiro.

E voar horizontalmente, a seguir, é sentido como suave, tranquilo. O que se parece um pouco com a alegria após nos livrarmos de algum tormento. Talvez a ideia humana de felicidade venha disso, dessa oposição. Porque, linearmente, mais cedo ou mais tarde encontra-se o tédio.

Sonhar é também uma aventura que distingue o ser humano, libera-o de certo modo do corpo, concede-lhe um toque de espiritualidade. Os descrentes argumentarão que se trata da matéria mesma, fluindo quimicamente do cérebro no decorrer do sono. Já um poeta, como Alfred Jarry, poderia sair-nos com uma epígrafe como essa:

"O cérebro humano, em sua decomposição, funciona além da morte. E são os seus sonhos que fazem o Paraíso".

Mas o que aqui se escreve mergulha uma das suas faces num

abismo, um rodamoinho, nem sempre paradisíaco. Porém o que mais interessa é que os poetas, com um pequeno toque, abrem uma brecha no conhecimento convencional, da mesma forma que o sonho. Se o poeta é também um humorista, um louco por opção, como Jarry, perde a convenção dentro deste espaço *suspenso*, esta brecha, todo o sentido. São vários os recursos para se penetrar neste espaço. Às vezes se utiliza apenas a imaginação, respeitando-se a linguagem, como Edgar Allan Poe (t) em seus contos sobrenaturais. Noutros, a aventura da imaginação alia-se à violação da linguagem e o resultado é uma fissura nuclear dentro do sentido. Alfred Jarry, Lewis Carroll.

Em nossa civilização, porém, a razão pede precedência e, em matéria de sonho, a precedência da razão está com Sigmund Freud. Freud recuperou o irracional, o mágico, para o "sentido". Mas se Freud ofereceu uma fascinante leitura dos fenômenos psicológicos, tomando como um dos seus fundamentos principais a interpretação dos sonhos, não há por que conferir credibilidade exclusiva à "sua interpretação". Ainda que ele a remeta em grande parte ao sonhador, através das associações, o que é sábio e elástico.

Trata-se, no entanto, de uma leitura situada historicamente e uma das muitas possíveis. E não há por que privilegiá-la (pelo menos com absolutismo) em relação, por exemplo, à de oráculos do antigo Egito prometendo calamidades a um Faraó. Ou mesmo em relação a leituras de civilizações muito mais primitivas e também mais próximas, portanto, de algum elo rompido com a Criação.

A leitura de Freud se agiganta na medida em que vivemos uma civilização que idolatra o racional. E Freud, investigando o irracional, o inconsciente, fazendo dele *consciente*, ordenou a seu modo o mundo, recuperando o mágico e o selvagem para o *sentido*. E depois da rejeição inicial, era natural sua sagração pelo pensamento estabelecido.

De qualquer modo, o que interessará aqui será principalmente uma viagem no interior e a partir de um sonho. E um homem do tamanho de Freud estaria a pedir um opositor do peso de Nietzsche, se opositor este se tornasse.

Também eu, como muitos outros, submeti-me durante algum tempo à Psicanálise. Para sintetizar os motivos que me levaram a isso, digo que pensava na existência como trágica, cruel, habitada a maior parte do tempo pelos sofrimentos. Fora isso, toda a parafernália das depressões, culpas, terrores, subitamente quebrada — em geral pelo álcool — por euforias maníacas.

Levantada a hipótese de que tal quadro era antes uma fabricação minha do que a realidade em si mesma, procurei um psicanalista. E durante quatro anos tornei-me um sonhador profissional. Além da carga de vivência, sofrimento, prazer, trazida por um sonho, este passava a interessar-me utilitariamente como possível chave para a libertação.

Via-me, então, arrancando-me toda a disciplina possível para levantar-me durante as madrugadas, a fim de anotar, por exemplo, fragmentos de sonho como este:

"Estou num clube esportivo ou numa espécie de colégio, onde se realiza uma grande festa. Ando por toda a parte de mãos dadas com uma garota, que identifiquei como aluna minha na 'vida real'. Agrada-me e emociona a ternura que demonstramos um com o outro naquele sonho. É uma jovem de uns vinte anos.

Mas há outras mulheres. Uma delas é a mulher com quem eu vivia à época do sonho, dentro do qual a procuro ansiosamente, com medo de que ela me veja com esta outra e, ao mesmo tempo, com receio de que seja eu a descobri-la com outro. Ciúmes, pois.

E preocupo-me também com minha primeira mulher. Em determinado momento, estamos sentados eu e a jovem numa arqui-

bancada do clube, junto a toda uma assistência que observa a festa numa quadra mais abaixo. E descubro minha primeira mulher e nossos filhos nos degraus inferiores da arquibancada. Aflige-me aquilo, principalmente o não poder estar com meus filhos.

Há desejos por satisfazer e, mais tarde, entrando sozinho num salão, encontro uma jovem belíssima (também conhecida minha na vida real), que levanta sua saia e se oferece a mim. Mas nosso encontro é impossível, há qualquer preocupação com meus filhos que me impede de entregar-me.

E, de fato, andando depois pelo clube, cheio de pátios, amuradas e escadarias, vejo uma criança bem pequena e desconhecida a despencar de uma altura de dezenas de metros, para arrebentar-se lá embaixo.

Todos entram em pânico, querem fugir de um incêndio que agora se alastra pelo clube. E procuro salvar toda a minha família, incluindo pai e mãe, que se encontram num elevador. É um desses elevadores antigos, envidraçados e a descoberto, descendo pelo exterior do prédio. Tenho medo de que o fogo alcance o elevador, mas finalmente este atinge o andar térreo.

Saímos para a rua em meio a uma multidão que logo se dispersa. E o sonho termina na madrugada desta rua iluminada apenas nos espaços próximos aos postes. De modo que os arredores permanecem numa belíssima e fantasmagórica meia obscuridade. Dando as mãos a meus filhos, procuro com aflição um táxi, pois se aproximam assaltantes com intenção de atacar-nos".

Passados já uns três anos e tanto deste sonho — escolhido quase ao acaso (?) entre muitos outros — posso ver-me agora — como se fosse a um "outro" — na casa onde morava, a anotá-lo num fim de madrugada. Ver-nos no passado é como vermos a este "outro".

Então posso narrar assim, na terceira pessoa:

Há uma rua de terra, sem qualquer indício de planejamento urbano, que sobe serpenteando um morro nos subúrbios de uma grande cidade. De madrugada, um homem está acordado dentro de uma casa rústica e anota rapidamente um sonho, com receio de que ele se desfaça em sua memória. Este sonho é importante para o homem, porque lhe parece encontrar dentro dele alguns sentimentos contraditórios que o afligem. Mais ou menos a divisão entre o *dever* e os *instintos*.

Então o homem dobrará aquele papel cheio de rabiscos e o levará à próxima sessão de psicanálise que, como sempre, não o conduzirá a nenhuma conclusão definitiva. O analista limita-se a constatar uma forte carga de culpa, desejo sexual e violência. É um profissional ortodoxo e cumpre seu papel com neutralidade. Como se sugerisse: "Cabe a cada um traçar o seu caminho".

De qualquer modo, sairá o sonhador dali como se um passo fora dado (*"el camiño se hace al andar"*). Antes de tomar o elevador, rasgará cuidadosamente suas anotações, atirando-as na lixeira do prédio. Como se atirasse ao lixo o "caminho andado".

Mas ainda estamos na rua de terra, dentro daquela casa nos arredores de Belo Horizonte. O homem anota seu sonho, com medo de que se apaguem aquelas imagens. Que, por este anotar mesmo, subsistem até hoje, tanto que aqui estão, embora com a emoção perdida. Tais emoções são provocadas por imagens e não por palavras e daí o fato dos sonhos em geral aborrecerem a quem apenas os ouve contar.

As emoções perdidas. Naquele instante o homem sentia ainda seu coração bater, diante daquelas cenas belas e terríveis, do incêndio e o resto todo. Uma fantasmagoria que ele agora revivia em sua toca, também um lugar perdido numa cidade, quase no meio do mato, como se estivesse além (ou aquém) da organização racional dos homens. Múltiplos ruídos, o vento balançando folhas e árvores, insetos, cães na madrugada. Um desses cães o homem conhece, é amarelado e, como um fantasma, arrasta em seu caminho uma corrente presa ao pescoço. Foge a ganir diante de qualquer tentativa de aproximação. O que fizeram um dia a este cão que também parece saído de um sonho? Outros ruídos parecem vir do nada e o homem, terminando de escrever, vai até a cozinha. Bebe leite e come um pedaço de pão. Faz pouco barulho, para não acordar a mulher. Teria vergonha de que ela o visse, como a um doido, rabiscando e comendo sozinho na madrugada.

A mulher é bonita e agora dorme sozinha no quarto. Certas vezes sonha que o homem está com outra mulher e então acorda enraivecida, como se ele realmente pudesse partilhar daquele mundo no interior do sono dela. Mas o homem está literalmente apaixonado e vieram morar ali como quem não deseja que o mundo lá fora os desvie um do outro. Naquele subúrbio, a rua de terra que sobe serpenteando o morro, até terminar abruptamente num precipício. Lá de cima se avista toda a cidade, se exerce uma espécie de domínio sobre ela, que não nos pode atingir. Os vizinhos esparsos, ali, são na maioria operários e a esta hora da madrugada já se levantam. Daqui a pouco o homem escutará as vozes daqueles que descem para a rua principal, onde tomam os ônibus lotados que os levarão à cidade.

Agora, porém, tudo é ainda silêncio humano. O homem vai mijar e, pelas esquadrias da janela do banheiro, vê o pequeno quintal na claridade muito tênue de um sol que ainda não apareceu. E o seu próprio olhar neste instante, o homem sente que é também uma brecha, um acesso para algo que está além ou aquém e quase oculto. Como dentro de um sonho. Um outro mundo que o homem constata, sabendo que esta realidade está bem viva, apesar de quase invisível, nas plantas que se abrem, formigas saúvas que se recolhem carregando uma última folha, os insetos e suas sangrentas batalhas, talvez até mesmo uma cobra a rastejar despreocupadamente naquele momento.

Uma paisagem nada *vienense*, portanto. E havia um amigo do homem que um dia ridicularizou a Psicanálise para os brasileiros por "não haver nenhum ponto comum entre a sociedade vienense de Freud e o Brasil de hoje".

Mas não éramos também filhos bastardos da Europa judaico-cristã? E ali estava o homem, acordado no fim da madrugada, depois de haver anotado seu sonho para levá-lo a uma sessão de psicanálise. E houve uma noite em que até sonhou que se submetia a um tratamento numa casa ali mesmo naquela rua não urbanizada, no alto do morro, onde em noites de sexta-feira e sábado podiam-se ver as velas acesas, as garrafas de pinga, a farofa, para os *despachos*.

O tratamento era com uma analista morena, jovem e bela. Esta mulher o consolara e o beijara e até hoje o homem se vê a pensar nela como se se tratasse de uma mulher real que passara por sua vida e o marcara. Como aquelas pessoas — pensa o homem — e devem existir muitas, que encontraram o seu maior amor dentro de um sonho.

Sonhar, no entanto, que me submetia a uma análise era, sem dúvida, fruto do próprio tratamento, uma análise dentro da análise, uma outra volta do parafuso. Do mesmo modo que ao ler *Memórias, Sonhos e Reflexões*, de Carl Gustav Jung, que propõe toda uma teoria de reatualização e revivência dos mitos e arquétipos humanos, através dos sonhos, o que corroboraria sua tese de um inconsciente coletivo da humanidade, sonhei, certa noite, que era engolido por uma baleia, como Jonas. O que ao invés de fazer crescer, fez diminuir as propostas de Jung aos meus olhos, pois considerei que também ele, Jung, sonhava sonhos míticos, bíblicos e ancestrais porque estava preocupado constantemente com isso. Então, em vez de termos uma teoria para os sonhos, teríamos os sonhos solicitados por uma teoria.

Um caso semelhante:

Preocupado atualmente com certos problemas da narrativa, o que é natural em quem escreve, sonhei que me encontrara com Machado de Assis. E perguntei a ele se determinada característica atribuída ao andar de um personagem — acho que o sujeito mancava — no princípio de um romance seu, era essencial ao encadeamento e desenlace futuro da trama? Machado sorriu — como sorriria Machado diante de um autor mais jovem — e respondeu que "sim". Os passos mancos deste personagem numa outra noite revelariam ao leitor alguma ação que estava oculta. O desvendar de um crime, talvez. Ou um adultério.

O mais interessante é que, adotando agora esta postura de discutir ideias e teorias, descubro que não é a minha voz, estilo, que se inscrevem neste papel. Mas a escrita de um outro, muito mais sério, como quem veste um terno para pronunciar uma conferência. Ou como um *pai*, ou um psicanalista da velha escola. Ou um escritor *machadiano*.

Mas há sonhos menos sofisticados. Minha faxineira, por exemplo, disse-me outro dia que sonhou, angustiada, que perdera o horário de vir ao meu apartamento. E como castigo eu a pusera dentro de um balde.

E agora acho interessante isso, este belo sonho de uma faxineira a fixar-se, tão fortuitamente, nesta folha de papel e até mesmo, quem sabe, chegar um dia à leitura de algumas ou muitas pessoas. O que começa a tocar num dos pontos essenciais deste texto que aqui se escreve, a ser desenvolvido perto do seu final. A fixação no papel e consequente transcendência no tempo de um momento fugidio, às vezes vivido por uma pessoa tão despercebida pelos outros quanto uma faxineira. Como se este momento se gravasse. E vejam que tudo isso é absolutamente real, a não ser que a mulher houvesse mentido, o que não teria importância, porque é também uma forma de fabricar realidades.

Penso, então, como será no dia em que inventarem uma máquina de gravar sonhos. Tornar-se-ão obsoletos o cinema, a televisão, as drogas. Será belo e terrível, um vício devastador. A faina humana se interromperá e todos se debruçarão sobre seus compartimentos interiores e os partilharão uns com os outros. Não haverá mais segredos do homem para si mesmo e de homem para homem, a verdade provocará a revolução radical de que falava Sartre. Será como a descoberta de uma nova divindade, falando aos homens através das imagens sem mediações dos seus sonhos.

Como o "País da Cocaína", de Brueghel; como o *País dos Espelhos*, de Lewis Carroll. Uma vida em que as imagens do inconsciente se tomarão concretas e tangíveis, as paisagens interiores suplantarão a própria natureza, mitigando mesmo as perdas ecológicas. Destruída a um grau intolerável esta natureza, restarão aos homens as paisagens ilimitadas a fluírem do seu cérebro sem qualquer premeditação.

De modo que não se trata mais de Psicanálise. Já há algum tempo parei com ela, quando me mudei de cidade e resolvi romper com tudo a que antes estava ligado. Muitas vezes, porém, este avanço, se avanço for, não se faz sem recuos. E cheguei a consultar no Rio de Janeiro um psicanalista, a quem fiquei de procurar depois de suas férias.

Uma das razões é que me sentia paranoico, principalmente nos dias seguintes às bebedeiras. Como se as pessoas sempre estivessem na iminência de avançar sobre mim, ferir-me, assaltar-me. Falei disso ao médico e concordamos que, apesar de ser a cidade extremamente violenta, essa carga de medo em mim ultrapassava a realidade.

Naquela mesma noite, véspera de Carnaval, eu esperava um táxi na boca de uma ladeira quando um rapaz mulato se aproximou de mim e disse:

— O senhor pode me arrumar uma grana para a condução?

Tirei a carteira, dei-lhe cinco cruzeiros, mas ele não agradeceu ou se afastou e naquele momento eu já sabia o que iria acontecer. Era um encontro marcado, como se ele tivesse um radar para a sua vítima e, nessa noite, eu era mesmo psicologicamente uma vítima e ele disse:

— O senhor pode até ter um revólver aí nessa bolsa...

— Que que é isso, meu chapa? — eu tentei apaziguar.

Ele continuou, como se não prestasse atenção:

— Mas o meu está aqui — e mostrou na barriga o cabo de uma arma, que podia até estar descarregada, mas podia não estar: — O meu está aqui e nós vamos dividir o que o senhor tem aí nessa carteira.

— Tudo bem, eu disse — abrindo a carteira, quando ele interrompeu:

— Deixa que eu tiro — e foi logo tirando tudo.

— Porra, você não falou que era dividir?

Ele me devolveu rápido as notas de dez e de cinco e já foi saindo e falando:

— Isso aí é pro senhor tomar um táxi.

E antes de seguir, rapidamente:

— O senhor ainda devia achar bom, o senhor tem sorte.

E se desfez na noite, depressa, como se tudo isso também não passasse de um sonho. E não haveria mesmo muita diferença, a não ser pelos quinhentos cruzeiros que ele me levou.

Mas não voltei à Psicanálise. Resolvi apenas encarar a violência latente em mim e nos outros e matriculei-me, aos trinta e seis anos de idade, numa academia de luta. Talvez para estar perto disso que faz um animal humano avançar contra outro.

* * *

E é deste modo que sonhei com o submarino alemão: vivendo sozinho num apartamento de bairro do Rio de Janeiro e não me submetendo à Psicanálise. E é talvez por isso mesmo que este sonho teima em reviver aqui, através das palavras, como se exigindo sua pequena participação no arquivo geral da humanidade.

Percebo, porém, que algumas narrativas se fazem, a partir de um núcleo, em círculos concêntricos que vão-se alastrando, o que às vezes as perdem para sempre no território imenso dos textos não terminados. Mas este é um texto que alguma força além de mim obriga-me a terminar, ainda que do modo mais torto possível.

A princípio, não consegui aceitar nem mesmo a hipótese de começá-lo simplesmente assim, do modo como as coisas se passaram: *"Sonhei, certa noite, que meu pai encontrara um submarino afundado"*, etc. Procurava, ao contrário, começar com uma descrição neutra, literária, na terceira pessoa. Assim:

"As janelas dos grandes conjuntos de apartamentos, durante as noites, são como peças que se acendem e apagam num imenso painel. Às sete horas quase todos chegaram do trabalho; as crianças e os adolescentes da escola ou da rua; outros já estavam em casa.

O jantar está pronto, alguém tira um terno, uma garota faz o trabalho de escola, empregadas se enfeitam para encontrar o namorado, um casal se arruma para ir ao cinema. E, principalmente, quase todos os aparelhos de televisão estão ligados, como se a cidade vivesse em conjunto um espetáculo, quase um sonho, não fosse ele dirigido e ordenado, monotonamente, minuto a minuto, desde as primeiras horas da noite, até que, pouco a pouco, as luzes vão-se apagando.

*Casais se amam, então, com as janelas fechadas ou simples-
mente numa escuridão aberta, mas quase sempre sem a paixão
dos clandestinos, os que amam fora da lei.*
E ainda há os solitários, os que são capazes de ouvir em silêncio uma música no rádio ou então ler. *Alguém pode estar lendo,
por exemplo, esta seguinte frase, que será a nossa epígrafe:*
"O cérebro humano, em sua decomposição, funciona além
da morte. E são os seus sonhos que fazem o Paraíso".
*Este texto é dedicado a esses leitores. A um só, talvez. Quem
sabe uma mulher? Você que está lendo isso agora, por exemplo. E
que se ligará profundamente a mim, ainda que nunca nos encon-
tremos ou já esteja eu morto quando você tomar conhecimento do
que aqui foi escrito e do que se segue abaixo:*

*Que outros dos habitantes desses conjuntos, sós ou acompa-
nhados, apenas dormem, descansam as máquinas para amanhã,
são peças bem ajustadas do outro espetáculo coletivo: o que se
passa nas ruas durante os dias e de uma dura realidade.*

*Mas agora mesmo, no interior de cada um, o espetáculo que
se desenrola, o mundo dos sonhos, supera em dramaticidade, força, beleza, terror, qualquer acontecimento que a mente em vigília
possa experimentar".*

Isso aí era uma introdução literária, com todos os ingredien-
tes, para que eu penetrasse, de uma forma ficcional, no mundo
dos sonhos e depois no sonho que me interessava. Depois uma
outra ambição começou a tomar conta de mim. Não apenas
narrar figuradamente este mundo dos sonhos, mas desenvolver
uma novela em forma de ensaio. Uma conversa de autor onde
se poderia discorrer sobre algumas ideias, sem perder de vista os
acontecimentos sonhados e sua possível força, beleza. Algumas
ideias sobre Psicanálise (ou anti), somadas às vivências oníricas,
ou reais, como aquela passada na rua de terra de um subúrbio,
onde vivi quase dois anos muito intensos com uma mulher. Como

se eu necessitasse também de gravar aquelas imagens de felicidade, que já agora começam a esmaecer dentro de mim. Cheguei, inclusive, a esboçar o rascunho de um romance em cima de tais vivências.

Mas o tempo passa e atua sobre os sentimentos e recordações. Muitíssimas ideias fortes já tive para livros inteiros ou contos ou poemas. A grande maioria não chegou a se fazer e penso agora naquela *Novela* para *Leitores de Começos*, de Macedônio Fernandez. Também cheguei a pensar, um dia, em escrever um *Livro de Enredos*. Cada capítulo seria um título de livro, acompanhado de um pequeno resumo do que trataria a obra. Assim se evitariam a prescrição de tais obras e o incômodo de escrevê-las, o que sempre nos obriga à disciplina de nos limitarmos durante considerável tempo a uma ideia, desperdiçando dezenas de outras.

Não escrevi tal livro porque me pareceu injusto que alguém se apropriasse de temas que não estivesse disposto a trabalhar até o fim. Poderia estar roubando de alguém a possibilidade de utilizá-los.

Mas não estarei roubando aqui a ideia, o enredo, de um *Livro de Enredos*?

Então é preciso encarar a tarefa de cada um. Tomar a seu cargo um ínfimo fragmento do universo e expressá-lo da melhor maneira possível, sem deixar escorregar pelas mãos seu pequeno tesouro. É o que procurarei fazer agora:

"Sonhei, certa noite, que meu pai encontrara um submarino afundado. Não estávamos, eu e meu pai, diante do litoral ou num barco. Estávamos numa casa só nós dois, etc., etc..."

Acordo, muito emocionado. Podia deixar-me embalar pela sonolência, dormir outra vez, perder para sempre aquele sonho. Mas há nele, repito, independente de mim, uma força que o impele a permanecer. Talvez porque seja eu um avarento de todas as minhas vivências, ao invés de deixar seguir o fluxo, o que seria mais sábio e agradável. Cair, por exemplo, no silêncio extremamente significativo de um Marcel Duchamp. Um silêncio onde cabem todas as possibilidades, como os poemas "não escritos" por Rimbaud. Mas também aí se infiltra o orgulho. Por que o silêncio significativo de Duchamp e Rimbaud e não o silêncio modesto, o silêncio-silêncio, de uma pessoa absolutamente comum? Aquela faxineira, por exemplo.

Mas ainda temo o desperdício, como se todas as riquezas interiores se devessem guardar para sempre no cofre da memória. Sou um tolo.

Estou, nesta ocasião, morando sozinho num apartamento nesses grandes conjuntos. Levanto-me na noite e agora me sinto bem. Pois queria experimentar esta solidão, precisamente por haver terminado no mais absoluto caos a convivência com aquela mulher com quem morava na rua de terra.

Mijo, acendo um cigarro e vou à cozinha comer um pedaço de pão. São umas três horas da madrugada e deixo-me embalar por isso: eu sozinho neste caixote entre muitos outros caixotes, num bairro residencial. E parece-me precioso estar a destilar cada segundo da existência enquanto todos dormem.

E o sonho dentro de mim como um grande acontecimento. Repasso-o muitas vezes. Meu pai, o submarino, os corpos, o cheiro, o mapa. Aquele mapa como um detalhe extremamente significativo e belo. Mas resisto às tentativas de decifrá-lo, um mapa, coisa que é em si mesma uma indicação.

Chego até a janela e olho lá fora. Apenas uma ou outra luz acesa, entre milhares de apartamentos na escuridão. Dentro deles, pessoas dormem no meio de paisagens indescritíveis, crimes, incestos, loucas perseguições, rostos ambíguos misturando presente e passado, êxtase, terror. De vez em quando, alguns murmúrios e gritos ecoam na madrugada, corpos se agitam, homens e mulheres acordam suados, em desespero ou já com um imenso desejo de retorno para aquele mundo outro, do qual acabaram de despertar. Este fluxo, meu Deus, que nunca para.

Só o meu sonho, porém, posso guardar comigo, embora tenha descrito, uma vez, dentro de um romance, um sonho partilhado por quatro personagens, réplica da visão de Schopenhauer sobre o mundo: "É um vasto sonho, sonhado por um único ser (*Deus*?); mas de tal maneira que todos os personagens do sonho sonham também. Assim, cada coisa se encadeia e harmoniza com tudo o mais".

Só que Schopenhauer se referia à própria realidade. E a cada um, portanto, até prova em contrário, o seu próprio sonho.

Por alguns minutos não resisto ao vício antigo, interpretá-lo, aquele sonho. Começando possivelmente pelo mapa. Dentro de um submarino afundado esvoaça um mapa. Quais serão as suas indicações, a rota? E o que dizem os instrumentos? E por que tudo isso se passa pela intermediação do pai?

Diante da tradição psicanalítica, a figura do pai imediatamente traz à associação toda a parafernália de Édipo e o superego e o resto todo. Associações que já nascem, portanto, culturalmente viciadas.

Então corto isso tudo dentro de mim, com enfado. E simplesmente vou dormir, fumando antes, com prazer, um cigarro. Este embalo do animal solitário, entre a vigília e o sono, gozando do prazer de estar vivo.

Mas no dia seguinte, mesmo debaixo do chuveiro, está comigo aquele mapa. E penso assim, mais uma vez: dentro do submarino meu pai viu um mapa que esvoaçava. E depois os instrumentos. E, porra, aqueles cadáveres!

Durante todo um dia de trabalho, intermitentemente, o sonho volta à minha memória:

116

"*Um submarino alemão dentro da minha noite, cheio de cadáveres*". Nada em minha vida terá se relacionado com um submarino. A não ser, talvez...

A não ser, talvez, quando eu tinha doze anos e morava com a família na Inglaterra e meu pai nos levou a ver um desfile naval próximo à foz do rio Tâmisa. E que mais ou menos nesta época e ligado ao acontecimento, um submarino (russo, creio) não conseguiu emergir e, entre comunicações desesperadas pelo rádio, toda a tripulação morreu. Mas isso já está há tanto tempo no passado que não posso garantir sua veracidade.

Por outro lado, nasci durante a Segunda Guerra, quando a ameaça dos submarinos alemães aos navios brasileiros deve ter ficado em algum recanto da mente de nós todos, meninos daquela época.

E agora, no lugar onde trabalho, no oitavo andar de um edifício, numa sala com vista para a Baía de Guanabara, a Ponte, todo um quarteirão da antiga cidade, posso acompanhar o movimento dos navios que chegam ou saem do porto do Rio de Janeiro. Uma paisagem tão bela e ofuscante que se torna inacessível. Não se consegue abrangê-la, fixá-la. Tal beleza nos ultrapassa e talvez só possamos desfrutar dela quando a olhamos distraídos, quase inconscientemente, num olhar de través.

E ali, naquela tela cinematográfica em forma de janela, umas duas vezes já vi passar nada mais nada menos que um submarino. E ali mesmo, durante a tarde, continuo a pensar no submarino alemão que meu pai encontrou afundado.

De noite, estou com uma amiga diante de um balcão de lanchonete. É uma rua movimentada, o barulho constante dos ônibus, carros, motocicletas. As calçadas ainda estão cheias de gente, é cedo. Minha amiga pede um refresco e uma pizza e eu digo a ela que tive um sonho muito estranho. Conto tudo rapidamente, porque sei que as minúcias dos sonhos chateiam as outras pessoas. Mas aquele não é um sonho qualquer, é um submarino alemão na noite de um edifício na Rua das Laranjeiras.

Costumamos brincar, eu e esta amiga, com a interpretação dos sonhos. Qualquer objeto ou pessoa ou bicho dizemos que é o pai ou a mãe um do outro, vontade de voltar ao seio materno e assim por diante.

E minha amiga, agora, diz que ando sonhando muito com meu pai depois que voltei a morar na mesma cidade que ele. E que o fato de eu ainda pedir seu carro emprestado, para viajar, colocou-me de novo numa situação infantil de dependência.

Minha amiga pergunta-me o que acho?

Eu começo não interpretando nada, dizendo apenas que é fascinante aquele submarino, uma casca fechada (evito dizer a palavra útero). E, de repente, sem refletir, digo a ela que aquele submarino representa o próprio inconsciente.

— Mas o inconsciente pode manifestar a si mesmo num sonho? — ela pergunta.

— É claro que sim — eu digo, sem a menor certeza: — O inconsciente faz todo um jogo de mostra-esconde dentro dos sonhos.

Ela pensa por alguns instantes e depois fala:

— E você não quer vê-lo. Precisa que seu pai o abra para você.

— Exatamente. Um inconsciente cheio de matéria em decomposição, aterrorizante.

Ficamos eu e a amiga durante algum tempo em silêncio. Porque poderíamos avançar mais e mais território, mas seria isso ampliá-lo ou limitá-lo? Dom Luís Buñuel, por exemplo; aos sonhos nos filmes de Buñuel jamais se dão interpretações.

E talvez Buñuel gostasse de saber que, durante as manifestações de maio de 1968, em Paris, eu e muitos outros assistimos ao *Chien Andalou* num cinema literalmente *subterrâneo*, junto ao Boulevard Saint Michel, enquanto nas ruas próximas, lá em cima, explodiam bombas de gás e lutavam corpo a corpo, com paus e pedras, manifestantes e policiais. Assisti ao *Chien Andalou* num lance de acaso absoluto. A polícia ameaçava fazer carga sobre o lugar onde me encontrava com minha mulher e, para fugirmos, entramos naquele cinema. Era um filme tão impressionante que, mesmo naquelas circunstâncias, não tiramos os olhos da tela. Como se fosse uma realidade tão forte como a lá de cima, nas ruas e possivelmente com ela coerente e interligada pelo "acaso necessário", que os surrealistas tanto amavam.

E agora, com minha amiga ali na lanchonete, em nosso silêncio talvez soubéssemos que os sonhos, bons ou maus, são antes de tudo belos, são o que são, uma espécie de filme na cabeça de alguém que dorme e que talvez não se devesse interpretá-los. Pois se se pode ler essas imagens de muitos modos, também se pode não lê-las de modo algum, deixando todas as vias abertas.

E que, neste caso apenas saberia eu que em certa noite minha meu pai encontrou no quintal um submarino alemão afundado. Dentro deste submarino havia instrumentos, um mapa, cadáveres. E que tudo isso, em vez de ser enviado novamente às trevas, agarrou-se a mim como se reivindicasse uma realidade mais palpável.

Mas se poderia — por que não? — avançar não numa interpretação, mas expedição poética, ficcional. Assim: que muitos submarinos já se perderam no fundo do mar e tripulações inteiras ali esperaram a morte. E que talvez de um desses submarinos captei, perdida no tempo, uma mensagem. Enviada não pelo rádio, mas através de uma energia em ondas, ao mesmo tempo solitária e coletiva, muito forte e perdida no tempo e no espaço e emitida por esta tripulação.

Esgotado o oxigênio, terão os homens arranhado paredes metálicas, procurando insensatamente o ar lá de fora. Já outros terão se ajudado mutuamente a matar-se com tiros de revólver. E, iluminados ainda por um ínfimo de força dos geradores, acomodaram seus corpos para morrer, num fragmento de instante que se pode descrever deste modo:

Acabou o último tripulante de morrer. Os corpos se espalham por diversos cantos do submarino. São rapazes louros, com o uniforme da marinha alemã. Neste momento, porém, não fazem mais parte do Império Nazista, o retumbante espetáculo wagneriano fracassado. São apenas homens louros e inofensivos no fundo do mar, não valem mais do que peixes mortos.

Mas que só agora, terminado este texto, a angústia haverá passado para dar lugar a um delicado silêncio. Como se a solidão do desespero, para que houvesse a paz do sepultamento que os homens dão aos homens, necessitasse de nós, testemunhas, ainda que longínquas no tempo e no espaço.

E há naquele submarino, agora, esta paz que nos embriaga. A calma das coisas que já se cumpriram integralmente. Passadas as aflições e ríctus do sufocamento — e sua projeção através deste texto — tudo é paz naquela couraça no fundo do Atlântico. Estranhas vidas marinhas passeiam e se fixam no casco, como se se tornasse ele mesmo, o submarino, um fruto gigantesco e inofensivo do mar, que os peixes e moluscos envolvem, acariciam, deslizam sobre ele com familiaridade. Uma daquelas criaturas marinhas — na fronteira entre o animal, o vegetal e o mineral — e que vivem nas profundezas mais profundas, sem jamais ferirem-se com a claridade.

Projeto para a construção de uma casa

Não descreverei o processo do meu enriquecimento porque são sempre aborrecidas as minúcias dessas histórias que envolvem contínuos que se tornaram presidentes de banco; operadores do *open market* que dormiram duros e acordaram ricos, como num sonho invertido; militares de alta patente dando cobertura a multinacionais; advogados inescrupulosos subornando doutos magistrados; mulheres lindas da alta sociedade entregando seu corpo em troca da destruição de promissórias; desfalques rapidamente cobertos depois de investimentos de retorno instantâneo; atletas famosos a darem voltas olímpicas nos estádios com o uniforme repleto de marcas de refrigerantes, pilhas, vitaminas, material esportivo.

Histórias que envolvem crimes perfeitos, corridas de Fórmula Um, best-sellers, enfartes, reuniões ministeriais, sexo, prisões domiciliares, espionagem industrial, guerras, falências fraudulentas, greves incentivadas pelos patrões, títulos de cidadão honorário e de propagandista do ano e o resto todo. Histórias que ficariam melhor em filmes americanos ou em algum necrológio de jornal de esquerda para um ditador da Nicarágua.

Seria particularmente doloroso relembrar minha passagem pela política, quando tive de conviver, durante alguns anos, com provincianos idiotas que sob o manto de uma pseudoideologia abrangendo desenvolvimento e segurança apoiavam incondicionalmente o Governo. Resumindo: eles entravam com a falta de ideias e a ambição pessoal e eu com a ambição pessoal, a falta de ideias... e o dinheiro.

Não, o que verdadeiramente importa é que estou riquíssimo e finalmente posso dedicar-me à construção da casa dos meus sonhos. E vamos começar por onde interessa: por esta frase dela, no escritório de arquitetura:

— Por onde o senhor deseja começar?

— Pelo começo, é claro. Mas onde é o começo? — eu disse, a título de gracejo introdutório. Porque mesmo depois desses anos todos ainda havia dentro de mim o menino pobre, intimidado com os primeiros encontros e os ambientes plenos de requinte. — Sempre que eu penso no primeiro detalhe da casa dos meus sonhos o que vejo é uma pequena mancha no chão, de um escuro já esmaecido pelo tempo.

— Deite-se no sofá e relaxe — ela disse. — Quer tomar um pouco de uísque? Ou quem sabe prefere um pouco de pó?

— Um pouco de pó — eu falei, tentando mostrar naturalidade, como se aquilo fosse uma pausa refrescante na vida atribulada de um homem de negócios.

Enquanto ela estava ali, concentrada no ato de cortar com uma gilete a cocaína, utilizando depois uma régua de cálculo para arrumar as fileirinhas, eu aproveitei para observá-la. Ela era realmente bonita.

Eu a tinha procurado a conselho de um amigo meu, para quem ela construíra uma casa que eu invejava. Era incrustada dentro de um rochedo, com portas automáticas munidas de segredo e alarme, numa ilha deserta. A paranoia do meu amigo só era comparável à minha megalomania. Não adiantou nada: dois bandidos encostaram as armas neles quando tomavam sua lancha particular e foram parar lá dentro da fortaleza. Limparam tudo e, ao que dizem as más-línguas, comeram a mulher do meu amigo na frente dele.

Bem, vá lá, não vamos começar logo com mentiras. Este último parágrafo não passa de uma projeção minha, segundo minha psicanalista. Então, a verdade: eu fui procurá-la porque não confio mais em homem desde que minha mulher me abandonou pelo meu melhor amigo. Se alguém tentar adivinhar que esse meu melhor amigo é o mesmo da casa do rochedo na ilha deserta e que só inventei essa história para vingar-me dele, estará absolutamente correto.

Na verdade, nem rico o sujeito era, para sequer sonhar com uma casa daquelas. Era apenas um cara forte e bronzeado e que nos fins de semana transformava-se num desses homens-pássaros que infestam os céus da cidade. Um dia fomos nós três — eu, ele e minha mulher — assistir a um voo dele lá na pedra da Gávea. Eu só não sabia que naquela asa-delta tinha lugar para um passageiro. E justiça se faça ao cara. Primeiro ele me convidou para o passeio. Como eu recusasse polidamente, voltou-se para a Maria Amália. A Maria Amália sempre foi mais corajosa do que eu. E foi assim que perdi minha mulher: ela foi-se embora voando.

Bem, essa é uma das versões possíveis. Uma outra versão, que detesto (a da minha psicanalista), é que, como até hoje não consegui largar a Maria Amália, tal fantasia traduz nada mais nada menos que o meu desejo de que ela se volatilizasse nos ares, sem que eu tivesse de tomar qualquer atitude implicando decisões, culpas, a parafernália toda.

— Bom, aqui você fica tão à vontade como lá no consultório da Sílvia.

Sílvia era a minha analista. Só que lá eu não ficava tão à

vontade assim, porque ela vivia me chamando a atenção para realidades desagradáveis. Como, por exemplo, que eu não passava de um comerciante que foi enriquecendo, enriquecendo, até enriquecer. As histórias jamesbondianas seriam para compensar meu sentimento de inferioridade. Nós, os ricos, detestamos reconhecer que tivemos de sujar as mãos com o trabalho para chegar aonde chegamos. Gostaríamos de já ter visto a luz do mundo assim: ricos.

Mas foi mesmo a Sílvia quem me indicou a arquiteta. "Já que você está numa fase de só se dar bem com mulher em todos os seus negócios", ela disse, passando-me o endereço e uma recomendação.

E agora era a arquiteta quem dizia, sentando-se com as pernas cruzadas e um bloquinho de notas nas mãos, depois de preparar o pó:

— O arquiteto é também como um médico: para construir a casa de uma pessoa, esta tem de abrir-lhe a intimidade. Seus desejos mais recônditos, seus hábitos principais. Se é, por exemplo, um solitário que se refugia no lar. Ou se, ao contrário, gosta de receber muitos amigos etc. Para falar a verdade, a gente precisa até saber se o cara dorme na mesma cama com a mulher ou não.

— Bem, eu tenho dormido, mas com a nova casa também isso pode mudar.

A arquiteta deu uma primeira aspirada e parecia ter se tornado instantaneamente mais brilhante:

— A casa é como um prolongamento, uma casca, das pessoas. Um verdadeiro útero que as envolve e protege. Construir uma casa é abrir e fechar espaços em volta de um cara.

— A mancha — eu repeti. — Tudo sempre começa em mim com a mancha.

— É interessante isso — ela falou. — Dê uma cheirada no pó e fale-me um pouco da mancha.

Também eu me tornei imediatamente mais inteligente:

— Sim, é como se essa mancha fosse um núcleo a partir do qual a casa se expandisse. A partir do qual se abririam e fechariam os tais espaços que a senhora mencionou.

— Não me chame de senhora, é muito cerimonioso.

Toda vez que ela se curvava para cheirar o pó, deixava entrever seus belos seios. Talvez aquilo fosse uma espécie de brinde. E me fazia bem.

— Essa mancha teria algo a ver com alguma recordação? — ela perguntou.

— Sim, talvez — eu disse, respirando profundamente com uma das narinas, enquanto tapava a outra. — Talvez a mancha não passe de um pequeno respingo de feijão esquecido na terra batida atrás de um fogão de lenha numa cozinha do interior do Brasil. É um anoitecer no inverno e um menino se aquece junto ao fogo, observando, curioso, uma mulher que amamenta uma criança, enquanto lá de fora vêm um cheiro de fruta esborrachada, os primeiros silvos de grilos e os últimos mugidos do gado no curral.

Ela trouxera uma das mãos à blusa, num gesto gracioso de pudor.

— Muito interessante — disse. — Mas o seu terreno é suficientemente grande para abrigar tudo isso?

— Tudo isso o quê?

— A fazenda, o curral.

— Eu ainda não comprei o terreno. E não há necessidade de curral, eu não gosto de cuidar de vacas. Mas bastaria que você pusesse na casa os mugidos e o cheiro de bosta misturado com o de frutas esborrachadas. E, é claro, os seios.

— Bem, um equipamento interno de som, para os mugidos, não seria complicado. Mas quanto ao cheiro, não sei. É preciso consultar os especialistas e desde já advirto o senhor de que deve sair caro.

— Dinheiro não é problema, isso a gente discute depois. E também não me chame de senhor, é muito cerimonioso.

Ela pareceu animar-se imediatamente com a minha disponibilidade financeira.

— Bom, por mais agradáveis que sejam suas recordações de infância, suponho que você, nesta fase da vida, talvez quisesse morar em algo menos provinciano que uma fazenda, não é verdade? Isso denunciaria suas origens humildes e uma certa prisão a arquétipos infantis. Pense um pouco mais no futuro. Alguns psicólogos modernos valorizam muito mais o futuro, os projetos, os desejos, do que o passado.

— É, talvez você tenha razão. Fechando os olhos para ver mais claramente, parece-me que essa mancha se encontra sobre o ladrilho e não na terra batida. Uma mancha de água sanitária num banheiro de luxo, talvez. Ou quem sabe uma gota de sêmen? Como se um violador houvesse arrombado a porta do banheiro e feito o serviço ali mesmo. E a mancha nada mais fosse que o vestígio de um crime.

— Interessante isso, a associação do sexo com crime.

Inconscientemente eu me levantara, aproximando-me dela.

— Mas essa mancha seria também o embrião da casa, numa espécie de gravidez. Bonito isso, não? Eu, pelo menos, estou achando bonito.

Eu a encarava agora bem nos olhos:

— E você, não está achando bonito?

Ela procurava fingir uma atitude neutra, profissional, tomando notas num bloquinho. Deu um suspiro fundo e disse:

— Bem, um banheiro já é bem mais do que uma simples mancha. Felicito-o por seu espírito prático e sua sensibilidade. O banheiro é um dos espaços mais fundamentais de um lar.

Não sei se era o pó, mas eu agora gesticulava pela sala, acometido de arroubos sonhadores, românticos quase...

— Sim, e nesse banheiro, além de roupas íntimas e cosméticos femininos, eu vejo ali um quadro. Ou talvez não seja bem um quadro, mas a parte superior do corpo de uma mulher refletida no espelho, enquanto eu estou ali, sentado na borda do bidê, observando simultaneamente as costas dessa mulher e os seios dela refletidos. Sim, o fundamental não era a cozinha, nem o gado, nem a amamentação, mas os seios. E se a senhora, ou melhor, se *você*, me desculpa, aqueles seios são iguaizinhos aos que eu acabei de ver...

— Naquela cozinha de interior?

— Não, aqui, naquela hora em que você...

Talvez eu estivesse indo depressa demais, porque ela me cortou no meio da frase e voltou a me tratar cerimoniosamente.

— Quer dizer que o *senhor* deseja que eu comece pelo banheiro? Pois muito bem, farei primeiro um esboço desse banheiro. A partir daí, desse espaço tão íntimo, iremos, aos poucos, chegando a toda uma habitação. Mais algum detalhe importante nesse banheiro?

— Sim, um boxe com uma cortina ou vidro totalmente transparente, através do qual eu possa ver, todos os dias, a dona daqueles seios enquanto ela se banha, lentamente, acariciando o próprio corpo cheio de sabão.

Devia haver algo de atemorizante no meu tom de voz, porque ela tocou uma campainha e, imediatamente, a porta se abriu e algo parecido a uma secretária ou enfermeira ou guarda-costas feminino se postou na soleira, gentilmente me apontando o caminho para a saída.

— E como é que você se sente em relação a isso? — ela perguntou, como a última condescendência de quem despede uma visita.

— Bem, é mais ou menos como um gato arranhando o vidro de um aquário onde nada um peixe esguio e suculento.

* * *

— Onde é mesmo que nós paramos? — ela perguntou, na segunda entrevista, depois de um silêncio de uns dez minutos. Dessa vez não houvera o pó nem outras introduções formais. Aliás, para falar a verdade, talvez o pó tenha sido um certo exagero de minha parte. Ela apenas me dera uma pílula e um copo d'água e disse que com aquilo eu me sentiria melhor.

Agora, porém, eu apenas entrara ali e me deitara no sofá. Talvez estivesse um pouco ressentido com o modo como terminara nosso último encontro, não sei. Pois foi penosamente, à custa de um tremendo esforço, que consegui abrir a boca:

— Terminamos na água. Minha casa deverá ter água, muita água. Eu estava dizendo que me sentia como um gato arranhando...

— Sim, a água — ela me interrompeu. — A vida começou na água. Talvez por isso entre o ser humano e a água estabeleceu-se desde o princípio uma relação de...

Antes que ela engrenasse um longo papo tipo cientista sendo entrevistado para um programa de variedades na televisão, eu também a interrompi:

— Uma relação quase umbilical. Vejo-me como um feto boiando deliciosamente dentro de um frasco. Um ser humano em potencial, mas a quem pouparam o trágico incômodo de nascer. E ali está ele, em meio a frascos coloridos e borbulhantes num laboratório, a fazer caretas debochadas para aqueles que, vestidos de branco, observam-no com um olhar circunspecto. Sim, ele os olha como se os outros é que fossem criaturas dignas de dissecações patológicas.

Mais uma vez ela tentou retomar as rédeas. Pegando seus instrumentos de trabalho, traçou rapidamente, para além da parede imaginária do banheiro projetado na véspera, os limites de um jardim onde agora desenhava uma concavidade em forma de coração e que pintou de azul.

— Uma piscina, quem sabe? Talvez seja a uma piscina que o senhor esteja simbolicamente se referindo.

Eu me levantei e dei um soco na mesa.

— Quando é que a *senhora* vai parar de me tratar como a um doente ou um débil mental? Está me achando com cara de um desses cabotinos engomados que chegam em casa num Mercedes dirigido por um chofer? Um desses caras que trocam seu terno de trabalho por uma roupa branca e, depois de uma partidinha de tênis e alguns drinques servidos por um mordomo perfilado, nadam com uma estrela de cinema numa piscina azul em forma de coração? Pelo fato de ser rico isso não significa que eu seja também um parasita imbecil.

— Calma, eu só estava querendo ajudar. O senhor falou em água e eu pensei...

— Entenda de uma vez por todas. Quando eu disser "água", estarei me referindo a muita água. Água por todos os lados. Talvez todo um oceano não seja o bastante para refrescar meu corpo e aplacar a minha sede. Eu não quero um reles copo d'água ou uma piscina, mas tempestades negras no interior das quais ventos uivantes e ondas descomunais impulsionem navios naufragados e as almas penadas de seus marujos contra os rochedos que sustentam os pilares da minha casa, de um modo tal que eu tenha de refugiar-me no sótão em cuja janela pousou uma gaivota que emite guinchos estridentes, enquanto eu tento apaziguá-la servindo-lhe no bico queijos finos, e de nossas bocas saem então as notas de uma triste melodia, composta desses guinchos estridentes e espuma. Sim, é de nossas bocas que escorre essa espuma que, por sua vez — agora percebo-o bem —, é que irá formar essa tempestade, as ondas, os ventos, as almas dos marujos e os seus navios que singram os mares em busca de terras perdidas, continentes, enquanto meus olhos se retorcem, procurando atingir, dentro de mim mesmo, os rodamoinhos infinitos em meio a essa espuma e uma baba convulsiva...

Depois da tempestade, a calmaria. Já passeamos, eu e Isis — esse é o nome que lhe dou —, pelos jardins da minha futura casa. É a primavera e ali, naquele projeto que aos poucos se esboça, escolhemos as flores e frutos que plantaremos para colher um dia. Andamos de braço dado como num romance antigo e não guardamos ressentimentos pela última entrevista. Ela parece compreender que eu era um homem esgotado depois de tudo o que percorrera para acumular minha fortuna. E que a crise nada mais fora do que uma precipitação natural em meio a correntes de baba e espuma.

Resumidamente, ela me contou o fim da nossa última entrevista: a campainha fora tocada mais uma vez e enfermeiros me arrastaram pelos braços para um longo e merecido repouso. De algum modo me trouxeram para algo parecido com o campo, pois há plantas e árvores por toda a parte, essa é a vantagem de ser um doente rico. Há a instituição onde se dorme e também os muros, certo, mas com certeza para nos proteger. Pois nada nos leva a supor que atrás de portas e paredes legistas ambiciosos esfregam as mãos numa contagem regressiva, aguardando o momento em que nossas tripas e cérebros estejam à sua disposição.

E agora resolvemos — eu e Isis — perseguir o método contrário: em vez de detalhes como manchas, banheiros, seios, piscinas, partiríamos do espaço aberto e imaculado, a conter em si todas as possibilidades. E depois desses anos todos pilotando uma escrivaninha, acompanhando cotações de mercado, adaptando-me a recessões econômicas, participando de conselhos consultivos de grandes empresas, depondo em comissões parlamentares, assinando contratos no exterior, ditando relatórios simultâneos a várias secretárias, pechinchando com árabes saídos das *Mil e uma noites* — um pouco de vida ao ar livre me faria bem, e a natureza abria diante de mim os seus segredos e perfumes, como uma revelação.

Além de tudo, talvez fosse mais racional partir de um espaço amplo para só então circunscrever um limite do que o caminho inverso anteriormente adotado: a mancha que iria crescendo em círculos concêntricos e o resto todo.

E, com um pouquinho de boa vontade, poderíamos nos sentir agora atravessando bosques, florestas, montanhas, como se todas as paisagens não passassem de terrenos submetidos à nossa escolha por insinuantes corretores.

Ao chegarmos a uma pequena queda-d'água, muito naturalmente tirei a minha roupa:

— Venha, não quer nadar? — perguntei.

Depois de alguma hesitação, ela também veio, como se fosse sua obrigação para com um cliente acompanhá-lo aos últimos limites.

Talvez fossem os comprimidos que me davam, não sei — mas eu não me sentia mais compelido como o estuprador que na sua ânsia arrombara a porta do banheiro e depois de amores sequiosos e apaixonados deixara no chão a marca do seu crime, a mancha de seu sêmen perdido, a partir do qual se construiria uma casa.

Agora, como os sábios, eu me tornara capaz de desfrutar de um momento perfeito sem nunca destruí-lo com um desejo ou clímax. Sim, os momentos dos contemplativos que estão simultaneamente atentos ao fluir de uma queda-d'água, à ligeira brisa sob a qual um calango seca seu corpo, à paz de uma flor amarela no exato instante em que, despregando-se do caule, está suspensa no espaço e ainda não atingiu o solo, e ao corpo inocente de uma mulher a deslizar, arrepiada de frio e prazer, entre as pedras sobre as quais desce a água. Como esse contemplativo, eu unia, sem esforço ou pressa, o fluir quase parado, eterno, desse momento perfeito ao fluir da minha própria consciência, sem o que também eu me tornaria um ser quase ausente, como uma pedra. E foi a partir desse momento, dessa consciência, que pudemos começar, de fato, o esboço da minha casa. Pegando uma frutinha do mato e atirando-a a uma pequena distância, ordenei a Isis como um Deus que delimita o mundo:

— Ali, onde aquela fruta acaba de cair, construa-me uma janela. De modo que, de manhã cedo, ao abri-la todos os dias, eu possa ver nossos corpos nus a abraçarem-se dentro d'água, entre calangos, borboletas, uma brisa e uma flor amarela permanentemente suspensa no espaço.

E agora, sim. Através da janela já podíamos penetrar na casa e tínhamos, portanto, um começo. E percorrendo-se o caminho inverso, ou seja, observando-se da janela, de dentro para fora, ver-se-iam a cena e a paisagem descritas no último parágrafo, e isso nunca deixaria de nos dar prazer, como uma dessas fotografias antigas captando um momento inesquecível.

Mas suponhamos que um viajante que por ali passasse durante a noite, resolvendo parar em busca de pousada, se debruçasse, como um espião, sobre aquela janela — o que veria ele?

Lá dentro estará o sóbrio, grisalho e maduro homem que me tornarei depois da construção da minha casa, sentado junto a uma lareira, com um cão dormindo a seus pés e a ler para a mulher — a tricotar numa cadeira de balanço uma blusa para uma criança que daqui a alguns meses virá povoar de alegria esse espaço — um romance inglês.

O viajante se maravilhará tanto com os contrastes de sombra e luz, a partir do fogo, num ritmo marcado pelo crepitar de gravetos e a voz expressiva do homem a narrar histórias sempre suspensas no limiar exato entre a sensualidade e a luxúria, tendo como cenário castelos à beira de lagos escoceses, que hesitará, esse forasteiro, em destruir com sua intromissão aquilo que lhe parece um instante completamente realizado.

E esse homem perceberá, assustado, afastando-se com passos ofegantes em busca de sua carruagem, que talvez houvesse algo de falso, de morto, naquela cena, como se tudo não passasse de um quadro encerrado num museu durante a noite ou a construção na mente febril de um louco. E que através desse quadro talvez se pudesse penetrar num dos castelos a que se referia o romance que dentro da casa se estava lendo; um castelo onde aquele visitante noturno visualiza um corredor cheio de armaduras, estandartes e instrumentos de suplício, em meio a antepassados retratados por pintores flamengos, iluminados de êxtase e terror, e, por isso mesmo, o viajante se afasta célere, com medo, sobretudo, de constatar que também não passava ele próprio de um desses antepassados a arder nas fogueiras e suplícios da condenação eterna.

— Sim, pinte no meu corredor toda uma linhagem de antepassados, incluindo desde sir Francis, o corsário galante; Madeleine, a baronesa prostituta; Artur, o pontífice, até Simão, o negro bastardo.

— Não há dúvida de que já temos até mais do que um começo — disse ela, na entrevista seguinte, ouvindo minha narrativa e a tricotar a blusa mencionada na mesma. — Temos inclusive a blusa, o fogo, a imaginação e por pouco não tivemos um primeiro visitante, ainda que possivelmente um fantasma.

— No entanto — prosseguiu ela —, não possuímos sequer

paredes que nos abriguem e, de noite, poderemos sentir frio, *darling*. E onde se localiza de verdade tal casa? Parece-me, às vezes, que você possui uma tendência, como um pássaro de longo alcance, a refugiar-se em territórios distantes, inacessíveis.

— Vá lá — eu disse, sensível às ponderações dela. — Que se localize essa casa, por exemplo, em Petrópolis. Por favor, desenhe-me, em volta de nós, a histórica e amena cidade de Petrópolis.

Por um instante, ela pareceu hesitar, mas logo a seguir lançou ao fogo os esboços que fora desenhando no último parágrafo enquanto eu estivera falando.

O fogo imediatamente se reavivou ao contato do papel.

— Não, não basta — disse-me ela. — Vejo, de qualquer modo, uma tendência sua a fugir para histórias aristocráticas. E o povo do nosso país, os seus sofrimentos?

— Olha, quando os romancistas ingleses deleitavam seus leitores com amores entre condes e duquesas ou mesmo leves sugestões incestuosas, à la Lawrence, também nas ruas de Londres os miseráveis se acotovelavam no meio do lixo, do frio, do crime, da prostituição. Como se tudo não passasse de um filme de Tony Richardson. Você conhece, aquele do *Tom Jones*?

— Sim, eu vi o filme. Mas de qualquer maneira há algo de postiço, de fugaz, nesse nosso living onde, de um lado, traçando-se como fronteira a janela, há esse casal que se eterniza junto ao fogo, cadeiras de balanço e romances ingleses e, do outro, esse mesmo casal a nadar nu na cachoeira. Penso que a Petrópolis que você imagina não existe mais: localizava-se num tempo passado, sob o manto protetor da família imperial. Agora o imperador se foi, temos presidentes militares, inflação, inquietação social, temas com que você, com sua experiência de empresário, deve estar bem familiarizado. E, desculpe-me, querido, eu me aborreceria nesse living de uma só janela. É aristocraticamente *démodé*. Eu gostaria de mais contato com a vida, o povo...

134

— Então está certo — eu disse nervoso. — Do lado oposto dessa janela abra-me outra, com uma sacada, de onde eu possa assistir, entre samambaias, às massas trabalhadoras marchando por suas reivindicações, enquanto acenamos para elas como chefes de Estado ou príncipes saídos de Maquiavel. Mas se um dia elas se voltarem contra nós, a nossa ostentação, não diga que eu não a avisei.

Mas se engana, querida Isis, se pensa que vou pedir para o nosso quarto caixas de música onde anjos de porcelana dançam ao som de minuetos; ou uma cama redonda sob um cortinado e com travesseiros e lençóis bordados com insígnias e sobre os quais espalharíamos nossos corpos que, numa luxúria em demasia, teriam engordado no tédio, de modo que devo eu pensar em meninas de catorze anos para que possa excitar-me enquanto afago teu braço flácido que se estende para pegar sobre a mesinha um bombom de licor. Engana-se ainda se projeta para essa nossa alcova um guarda-roupa branco e azul, onde se acomodam trajes vistosos como os utilizados em antigos bailes de máscaras dentro dos quais sorrisos e olhares furtivos brilhavam atrás de leques para cortesãos espadachins. Nem espelhos, querida Isis, pois é um erro pensar que a sensualidade se atiça com o excesso: olharmos a nós mesmos em todas as posições só faria fragmentar-nos, dispersar-nos, em estilhaços.

Penso em você apenas num quarto como este, em que me encontro agora, solitário, com uma janela onde colocaram grades como se pudessem aprisionar o meu espírito. Um quarto onde, apesar do frio, não há um cobertor e deito-me na cama forrada por uma colcha áspera fabricada por uma freira, depois de lavar-me na água que apanhei na pia com uma cuia.

Também não haverá quadros, pois o que poderia nos oferecer o melhor pintor se não este mesmo espaço entre paredes caiadas e com um banco de cimento sobre o qual estão tuas roupas e, mais adiante, uma bacia onde te lavas e, um pouco além, tu mesma, nua? Um quarto onde a vegetação é, no máximo, o musgo nos sulcos entre as pedras da janela, através da qual se vê passar, em determinado instante, num relance, um pássaro que não nos pôde deixar outro som além de um pio.

E em teu corpo, quando vens deitar-te, não há outro cheiro que o de sabão e água e o do próprio corpo. E sentas-te sobre mim, os olhos semicerrados e tens frio e passo as mãos lentamente nos diminutos caroços que se formaram do arrepio em tua pele e depois te faço deitar, suavemente, para lamber-te no espaço entre as pernas. E para que dizer mais se o caso é, talvez, de dizer menos, pois como se poderia descrever o rosto de uma mulher no exato momento em que um homem acabou de lhe entrar e esse rosto, sua expressão, encontra-se no limite perfeito de um esgar (ah, as palavras não nos servem) — junto a um "ai" que não chega a ser murmurado — sob a tensão de uma carne que acolhe um corpo estranho — e ainda não se houvesse decidido, o esgar dos músculos desse rosto — se é para sofrer ou para gozar?

Então passemos de novo à sala e agora nos traga visitas, Isis, eis que tal ascetismo nos terá preparado para recompensas dignas da imaginação de um beduíno em sua tenda no deserto.

Bato palmas e eis que, um a um, eles entrarão em busca do nosso amor e admiração: Teofrates, o narrador de sonhos; Theobaldus, o anão gótico, que nos encantará com sua deformidade e negritude interiores, narrando, para nos reconfortar no choro, histórias de um sofrimento e rejeição tão agudos que parecerão uma agulha penetrando numa concavidade nervosa; Protius, o prestidigitador tímido, que nos pedirá desculpas por suas mágicas desastradas, fazendo-nos sorrir de benevolência; Fabiano, o poeta hermético, em cujos versos, plenos de musicalidade mas sem nenhum significado, poderemos ler todos os significados; Cléa, a dançarina contorcionista, a fazer nascer de si mesma orgasmos ininterruptos e de uma intensidade que homem algum poderia provocar.

Sim, um por um eles virão: equilibristas decadentes que tentarão compor um sorriso sobre cordas bambas que os atemorizam, pois não possuem nenhuma certeza se resistirão à queda; mouros ancestrais saídos de longos retiros em monastérios e cujas bocas, entreabertas para as primeiras notas de um canto "a palo seco" não conseguirão emitir mais do que guinchos de pássaros de falésias irlandesas; cientistas a exibir com orgulho inventos inúteis, como o tear do manto invisível, o emissor de silêncio, a garrafa de ar, a roda da imobilidade perpétua...

Sim, eles todos a buscar sofregamente o nosso aplauso e as moedas que farei tilintar em minhas mãos sobre coxins de veludo vermelho, enquanto nos servem carnes perfumadas no vinho e especiarias de países distantes chegadas em caravelas — e todos, todos nós, formaremos uma só família, onde basta um pequeno gesto, um sorriso, um piscar de olhos, para que uma ilusão inteira se materialize diante dos nossos olhos.

"Agora atenção, Isis. Se vier um sujeito baixinho, com um andar capenga e uma mala preta numa das mãos (mala cujo conteúdo sei, por experiência própria, são um revólver e alguns documentos jurídicos de teor incompreensível) e que intitula a si próprio, pomposamente, de Oficial de Justiça, não o deixe entrar. Pois a ferocidade e perfídia de tal criatura se escondem atrás de sorrisos abjetos, enquanto ele nos sugere que devemos apor o nosso CIENTE em alguns daqueles documentos. E o que acontece se não o fazemos? O que acontece, por exemplo, se o agarramos pela gola para atirá-lo à rua? Ele voltará, agora com o revólver na mão e mais um ou dois policiais fardados que nos levarão aos bofetões para um carro-patrulha e é aí que começa a história de todos os nossos aborrecimentos, Isis.

"A partir daí percorreremos todos os meandros labirínticos de uma organização incompreensível, desde carcereiros a nos tratarem com brutalidade até senhores togados que, mal ousando olhar em nossa direção, nos enquadrarão em artigos de lei que nos impedem de comprar as coisas de que necessitamos. E diante da nossa recusa — e mesmo incompreensão de por que não devemos fazê-lo — eles, além de nos despojarem de alguns dos utensílios mais essenciais de nossa casa (tais como telefones com gravador, circuitos internos de TV, camas d'água etc.), nos colocarão, como se fosse extrema indulgência, à disposição de instituições a serviço da saúde do Estado e seus cidadãos.

"Mas nossa alma é forte e nossa fé, Isis, inquebrantável. E ainda bem que, de repente, podemos nos deparar com alguma alma gêmea como você, Isis, a tudo ouvir, tudo compreender."

Num acesso de entusiasmo, levanto-me e aplico-lhe um beijo estalado na testa.

E, mais uma vez, uma campainha toca, uma porta se abre, alguém me sugere

gentilmente que...

Ela disse, na entrevista seguinte, que Schopenhauer disse que, no fundo, todo suicida ama a vida em excesso.

Eu enrolara minha camisa em torno do cano do chuveiro, subira num banquinho e dera um laço no pescoço. Chutei o banquinho para o chão, fiquei suspenso por um brevíssimo instante, o encanamento rompeu-se e eu caí. *O jato de água fria sobre mim, depois daquele momento limite, tornou minha mente alerta a um grau que nunca antes eu experimentara.*

Schopenhauer, penso, era apenas um monte de ossos, vísceras e sangue e que enfeixou, sob aquele nome, um conjunto de ideias que procurava tornar o universo mais palpável, inteligível. Até que viesse o próximo sabidinho com outro feixe de ideias que anulava tudo o que fora sistematizado por Schopenhauer.

Ela disse ainda que o que torna a vida normal intolerável para sujeitos como eu é a comparação entre o mundo das fantasias que eles fabricam e o mundo da crua realidade.

— Essa abóbada, por exemplo, a cúpula de vidro que você pretende construir como teto da sua casa, abrindo um espaço que o conduza ao infinito e ao celeste, não passa de mais uma débil tentativa humana de criar uma suprarrealidade que nos transcenda, enquanto Deus (vá lá, Deus) pode encontrar-se — por que não? — na mais mesquinha materialidade que procuramos afastar. De certa forma essa sua cúpula é como a Torre de Babel, que lançou o homem num caos linguístico-espacial. Talvez sua casa não passe, miticamente, de uma nova Torre de Babel.

Embora lisonjeado, respondi a ela:

— Querida Isis, pago a você não para chamar-me à realidade, e sim para satisfazer-me os caprichos. Quero a minha cúpula para, durante as noites, observar os eclipses, os apocalipses, os...

— Aqui é tudo gratuito — ela retrucou — e, além disso, os

cheques com que você simula tais pagamentos, verifiquei que invariavelmente ricocheteiam em cofres vazios. Verifiquei ainda que nem mesmo um comerciante você é. Apenas um comerciário que gostava de ler, nas horas de serviço, dicionários, enciclopédias e romances fantasiosos.

— Será que a sua ciência, Isis, também possui algum fundo? Se lhe passei cheques que não correspondiam, digamos assim, a uma certa materialidade aquisitiva, transformei-a, por outro lado, em arquiteta, abri-lhe uma outra dimensão: de Sílvia fiz-te Isis. De certo modo, se há um profissional aqui cumprindo uma função, sou eu e não você esse profissional. Um prestidigitador digno do próprio Protius, eu diria, se tal frase fosse pronunciável.

— Quanto a ameaçar dependurar-se no chuveiro — ela prossegue, indiferente aos meus argumentos —, é pura teatralidade mórbida. O que você devia fazer era voltar para casa e sua mulher, ter filhos, tomar as pílulas que receito, trabalhar, não encenar um suicídio a cada semestre, não internar-se, pois, afinal, as instituições previdenciárias são pagas pelo povo etc. etc.

Em síntese, ela pretende que a cada manhã eu acorde, banhe-me, barbeie-me, borrife-me de perfume, submeta-me a massagens por lindas mulheres, passe por terríveis angústias para escolher um terno (se devo falar com algum ministro) ou algum paletó creme sobre uma camisa azul, que combino com um lenço no pescoço (se devo chegar apenas até o Secretário-Geral) e depois tome o meu lugar à mesa do terraço de uma cobertura e ali, enquanto me servem a refeição matinal, observando invejosamente veleiros vagabundos a singrarem a costa do Atlântico, devo, desde já, concentrar-me na leitura dos matutinos, tentando descobrir no meio da rotina de sempre de variações cambiais, garantias em ouro, montanhas de minério sendo transportadas como *icebergs* de um país a outro, laboratórios espaciais despencando sobre nossas casas, reformulações de gabinetes onde se disfarçam verdadeiros golpes de Estado, sequestros em massa de diplomatas, imperadores negros coroando a própria cabeça e atirando populares aos crocodilos, sheiks desembarcando na costa francesa com exemplares do Corão e mulheres, suicídios coletivos, expulsões de altos dignitários por grupos separatistas, ressurgimento da Ku Klux Klan, suborno esportivo elevado ao nível de tensão internacional na América Latina, novas opções lotéricas para o povo deste mesmo Continente, merda pesquisada como combustível, prêmios Nobel da Paz, das Letras e das Ciências — sim, tentando descobrir, com meus olhos de lince, no meio de tudo isso, onde se encontra a brecha em que eu possa penetrar para ganhar mais e mais DINHEIRO.

Para tanto tendo eu de abandonar a tranquilidade desta manhã azul e descendo um elevador para depois entrar mecanicamente num carro cujas portas foram abertas por mãos invisíveis atadas a um corpo uniformizado que se perfila e que me conduzirão através de engarrafamentos quase insolúveis (anoto na minha agenda a palavra *helicóptero*) para o centro da cidade onde serei suspenso junto com o carro para o último andar de um edifício envidraçado onde circuitos internos de TV transmitem em meio a músicas apoteóticas a minha presença já nos corredores atapetados para secretárias com sorrisos contendo sugestões indecorosas e homens do segundo escalão com tiques e úlceras nervosas e chupando pastilhas anticoaguladoras do sangue, sequiosos de ordens minhas que impeçam que eles desabem junto com o nosso império, como se o nosso tijolo pudesse desabar sem levar consigo todo o resto do edifício.

Não, Isis. Minha vontade de suicídio é por ser a vida irritantemente trabalhosa. É por pura preguiça. E quando tal acontecimento se fizer, não deixarei em meu bilhete mais do que uma única palavra: CHEGA.

* * *

MÉTODO TERAPÊUTICO: Isis trouxe-me, das vizinhanças, um professor de economia política. Para "solidificar-me os alicerces", ela disse. Reflexões a partir das aulas e de alguns livros que o professor me recomendou levaram-me às seguintes conclusões:

O dinheiro é um símbolo — ou linguagem — criado a partir da impossibilidade, com a complexificação, em tempos antigos, das relações humanas de produção, de se fazerem diretamente as trocas de coisa por coisa, mercadoria por mercadoria. Como símbolo inicial, adotaram-se metais como o ouro e a prata, chamados de "metais nobres" por sua escassez e imperecibilidade. Esses metais representavam o trabalho humano e os produtos deste. Mas, por sua vez, possuíam determinados inconvenientes como o peso, dificuldade de transporte etc. Então criou-se o dinheiro, o papel-moeda, como hoje é conhecido, que substituía o ouro e, ao menos teoricamente, a uma certa quantidade deste, guardada em bancos, deveria corresponder e representar. O dinheiro é, portanto, símbolo do símbolo, linguagem sobre linguagem.

Com a complexificação ainda maior das relações econômicas entre os homens, criou-se o cheque, que, por sua vez, representaria uma quantidade de dinheiro, de propriedade do emitente e guardada em bancos, e que a esta necessariamente deveria corresponder. O cheque torna-se, assim, símbolo do símbolo do símbolo.

Emitindo-se cheques sem a devida correspondência em dinheiro — do que fui acusado —, cria-se uma ilusão e, mais do que isso, viola-se uma linguagem sagrada em torno da qual giram e organizam-se os negócios humanos. Fi-lo em tal quantidade que, segundo acreditavam, só podia estar louco. O que não os impediu de despojarem-me de alguns bens e tomarem comigo as medidas acauteladoras normalmente aplicadas aos irresponsáveis.

Mas era algo digno de se assistir a deferência com que me tratavam, a princípio, os gerentes de lojas e a satisfação de modestas comerciárias ao tomarem conhecimento do vulto das minhas intenções aquisitivas.

LIÇÃO DOIS: A Inflação, segundo posso deduzir, é o expandir-se dos meios de pagamento sem que a tal corresponda o respectivo aumento de bens e serviços ou mesmo de ouro ao nosso dispor. A inflação seria, portanto, como o cheque sem fundos, uma ilusão. Uma ilusão que, se ministrada em doses moderadas e realistas, pode fazer com que as pessoas, acometidas de uma certa euforia, passem a produzir aquela mesma quantidade de bens e serviços a que o expandir-se do dinheiro deveria corresponder. Nesse caso, ela quase equivaleria ao crédito, que é o adiantar-se a alguém uma certa quantia para que esse alguém possa produzir, em termos de bens e serviços, o equivalente a essa mesma quantia ou até mais do que isso. Enfim, uma ilusão que acaba por se transformar em realidade. Uma ilusão até necessária, para que a sociedade humana não se veja achatada pelo peso dessa mesma realidade.

Se, contudo, tolera-se uma emissão de papel-moeda acima do limite controlável, ou expande-se de um modo tal o crédito, acaba-se por perder as rédeas da situação. O dinheiro perde o valor — por não haver nenhuma correspondência entre ele e a realidade aquisitiva (como no jogo do Banco Imobiliário, das crianças) e regride-se, talvez, a uma organização econômica primitiva, onde nós, possivelmente, teríamos de sair com um porco na rua para trocá-lo, por exemplo, por um aparelho de televisão.

Se aparelhos de televisão ainda se fabricassem e os porcos todos não houvessem sido comidos.

Nesse caso, o dinheiro não passaria de ficção. Uma fantasia, como determinadas obras literárias.

Numa arguição, para demonstrar meus conhecimentos, contei ao professor uma parábola: "O Presidente de uma emergente República Africana de língua portuguesa e que chegara a esse posto amadurecido por longos períodos de encarceramento declarou, em breve discurso, num Congresso pela Unidade Continental, que às palavras também deveriam corresponder determinados *fundos* no banco da realidade. Sem o que também a linguagem correria o risco de perder sua credibilidade. Em síntese, teríamos um fenômeno semelhante ao da Inflação. Cada vez se emitindo mais verborragia para uma realidade estagnada — o caso da literatura burguesa — ou, pior do que isso, atrofiando-se a própria capacidade de atuação (que é sempre representada em linguagem, ainda que científica) sobre esta mesma realidade.

"Não seria por acidente que a expressão máxima da Língua Portuguesa, o poema épico Os *Lusíadas*, de Luís de Camões, se fizera num momento histórico em que Portugal, alicerçado numa estrutura geográfica e econômica propícia à navegação, estendia seus domínios a vastas extensões do planeta. Colocando-se aqui entre parênteses, para posterior discussão, o espírito imperialista inerente a tais explorações marítimas e a chatice ou não do poema de Camões.

"Com a decadência de Portugal, sobreveio, aos poucos, na Metrópole e nas elites provincianas, também a decadência da língua, perdendo-se o Português cada vez mais num monte de retórica, que antes visa esconder do que clarear significados e interesses inconfessáveis. Transferindo-se a força latente da língua, em tais momentos históricos, para as ex-colônias, linguisticamente unificadas pelo invasor e com um elo já enfraquecido com os primitivos dialetos tribais.

"E já que não se pode voltar atrás, ao perdido paraíso tribal do mito e da magia, pensemos no futuro da língua. A possibilidade de sua revivificação encontra-se nas ex-colônias, as repúblicas democráticas emergentes na África (reservando-se um lugar também ao Brasil, se se reconciliar com seu destino histórico), desde que todos se mantenham atentos para os 'fundos' na realidade a que devem corresponder as palavras e a arte, traduzindo essa realidade em transformação nos novos países. E ainda para o fato de que, dentro dessas nações, tal papel caberia, obviamente, às classes trabalhadoras, num sentido abrangente a todos aqueles que produzem e portanto possuem algo a dizer: possuem os fundos, digamos assim.

"Quanto aos outros, para o seu bem — e o das nações — fariam melhor se se calassem."

Se tal história fosse verdadeira, provavelmente alguns jornais do Ocidente insinuariam, no dia seguinte, que o novo Presidente Africano proibira os adjetivos e mandara fuzilar os maus poetas. O que evidentemente se trataria de má-fé e exagero. Tenho para mim que o Presidente apenas confinaria os maus poetas em colônias agrícolas de reeducação.

O critério crítico adotado nas Cortes Marciais se basearia nos seguintes fundamentos: *se um texto literário, para ser lido e desfrutado, exige que um ser humano se retire durante certo tempo da realidade propriamente dita para o território da imaginação, tal texto só se justificaria na medida em que devolvesse enriquecido esse homem a uma realidade também ampliada.*

Perguntei depois ao professor se ele conhecia a moral dessa

pequena fábula econômico-literária. A moral da História, com H maiúsculo. Ele respondeu que não. Eu disse que a moral era a seguinte: *As prisões são um bom lugar para se refletir. Melhor do que as universidades, pois a escassez pode tornar um homem muito mais vasto.*

O professor disse que eu tinha sido, em todos os tempos, o aluno que melhor compreendera suas lições e até ultrapassara o mestre. E que, no que dependesse dele, eu seria considerado apto a retornar à realidade, do que declinei modestamente.

O professor acrescentou ainda que eu devia ser homem de muitos livros.

"Nem tanto, professor." De fato, neste preciso instante, minha arquiteta projeta a biblioteca de nossa casa. E que não consistirá em mais do que uma sóbria mesa em cima da qual repousa, num cofre forrado de veludo, um único livro que, de vez em quando, à medida que a vida transcorre, a produzir em nós modificações, iremos reler. Pois todos os bons livros se modificam à medida que também nós nos modificamos.

Um livro que conterá, possivelmente, a história de um homem que procurou o deserto para ali construir a casa de Deus, sabendo que esse templo era ele próprio, e quanto mais se purificasse, mais a divindade ali viria instalar-se.

Mas logo descobre esse homem que se a casa que tem dentro de si já é por um lado a mansão de amplos aposentos interligados a espaços arejados e jardins floridos repletos de pequenos insetos multicores a esvoaçarem sobre plantas aquáticas, ali pode também surgir súbito a serpente, a hipnotizá-lo bem dentro dos olhos e transportando esse homem, em uma nova ânsia, a um salão de festas onde, ao som de uma orquestra de metais estridentíssimos, se dançam em frenético desespero danças rodopiantes que nos tonteiam e enlanguescem para a luxúria a nos tragar, corpos contra corpos, para o solo que se abre em alçapão num abraço que nos arremete aos porões do choro e ranger de dentes, que se encontram depois do limite do prazer absoluto e nada mais são do que o tédio perfeito, a contrapartida do Senhor no Anjo Lúcifer, o favorito Lúcifer, com sua beleza tão extasiante que se torna uma dor enjoativa, ainda que não passem, ele e Deus, de criação nossa, sendo ambos a casa que construímos. E o *inferno não são os outros*, como se pronunciou um dia, pela primeira vez, impostadamente, num palco da cidade de Paris. O inferno somos nós mesmos e mais cedo ou mais tarde teremos de atravessá-lo, até que um dia...

já possamos de vez em quando nos aproximar, com mãos trêmulas a segurarem uma chave, daquele cofre e daquele livro. Para abri-lo, talvez, numa página já marcada por uma fitinha vermelha e ler ali, sublinhada levemente a lápis, unicamente a palavra NÃO.

A realidade entrou novamente em minha vida (ou melhor, foi ali sutilmente introduzida) sob a forma de Maria Amália. E que realidade real. Veio com roupa negra, como se num baile carnavalesco se fantasiasse de DESGRAÇA. Só não usava um véu escondendo o rosto porque estava fora de moda. O que era pena, pois ficaria muito bem em Maria Amália. E em seus olhos úmidos eu podia ler uma censura. Como se ela apontasse o dedo em minha direção e dissesse: "Mistificador". Como se eu me encontrasse aqui por uma escolha absolutamente consciente, para não ter de encarar a vida, trabalhar, esse tipo de coisa. O que é verdade, em parte, mas não significa necessariamente mistificação.

Ela própria, Maria Amália, que se vestira de negro e não

usava pintura, não deixou de perfumar-se discretamente. E amarrara seu cabelo num coque, igual a uma beata espanhola.

Nunca resisti ao choro de Maria Amália. Dava-me vontade de bater-lhe ou amá-la ou traí-la com uma prostituta debochada, como se fôssemos personagens de um drama de García Lorca. O requinte da castidade sempre exerceu grande influência e atração sobre os sensuais.

Enquanto fazia amor com Maria Amália, pensei em pátios sevilhanos com frescas varandas iludindo o sol, que ali, no Sul da Europa, veste-se de matizes africanos. Sim, Isis — eu anotava mentalmente —, construa-me um desses pátios e um muro, atrás do qual deve postar-se um cantor sem guitarra e cuja voz soe como um elo unindo, no homem, o sol ao deserto. Um canto depurado, Isis, a compor e harmonizar com os gemidos desta mulher que aqui está comigo como se o gozo da carne a fosse matar, o que se torna extremamente belo e por isso, um dia, fui atraído por ela.

Um homem porém é um homem e, depois de saciado, vê a realidade tão claramente que o peso dessa visão o cega e esmaga e por isso ele foge de novo seu pensamento para sombras negras, labirintos, catacumbas.

"Subterrâneos, Isis, é isso o que ainda nos falta, como no livro em nossa biblioteca", digo, enquanto Maria Amália se compõe, encabulada e já arrependida, para sair pela porta (ou será através da parede, como um espectro?) e desaparecer definitivamente desta história.

Subterrâneos, como se a cada realidade na superfície necessariamente se opusesse num poço escuro sua contrapartida, numa simetria rigorosa abrigada em porões onde vagamos, Isis, de mãos dadas, carregando uma vela com sua chama bruxuleante a enlouquecer os morcegos e que ameaça extinguir-se relegando-nos à escuridão, ao frio e ao silêncio úmido e que, subitamente, pode ser atravessado por um riso emitido por um cérebro na antecâmara da morte. E de quem, esse cérebro, se não o meu próprio e cujo fio não mais responde a estímulos externos e sim volta-se retrospectivamente a si próprio como se uma fita gravada devesse girar para trás depois que a sinfonia chegou ao seu clímax e de novo se enovelasse numa articulação ao contrário mas carregando um sentido cuja decifração é o eco em nós de seu último acorde a ressoar numa acústica em círculo dentro de um subterrâneo cujo único acesso foi hermeticamente lacrado para aprisionar para sempre a vibração desta nota final? É a isso que vocês chamam de "minha doença", cara Isis?

Desenhe-me então um caminho de trilhos para que possamos percorrer essas vias profundas. Povoe-o de criaturas mecânicas e acrescente uma iluminação feérica que deve acender e apagar-se à nossa passagem, pois é a um trem fantasma que me refiro e que deverá atravessar cinco estações encravadas na rocha, cinco câmaras e a primeira delas será a Estação da DOR e nos defrontaremos com nós mesmos sendo paridos, saindo de um túnel para outro túnel, a vida, os olhos se abrindo em ferida, do ar enchendo os pulmões e os olhos cegados por tanta luz. Uma dor que jamais cicatriza e antes corcoveia e se bifurca, como um animal galopando sem direção a toda brida. E um homem aperta seu rosto de encontro ao seio de onde veio e procura refúgio no sono a aprender a própria morte, mas retornar é impossível e o escuro de onde se veio pode não ser o mesmo escuro para o qual se caminha, a abrir-se em leque no SONHO, a segunda estação, onde em nossos cérebros, humanos nos decompomos, e não se respeitam os leitos e os parentescos, as leis da gravidez e da gravidade, a nos arremessarem no vácuo adiante ao estágio seguinte, a Estação da BELEZA, onde no esqueleto de plástico reconstituiremos a carne da donzela muito bela que morreu apunhalada por um homem ferido por coisa tão branca e que riscou entre aqueles seios um filete de sangue, terminando, no fim, fracamente, num suspiro e num riso. Pois a quarta estação é esse RISO, o puro olhar da falta de sentido, num Palácio de Espelhos que nos deformam e neles nos vemos invertidos até que, no canto da boca, petrifica-se gelada a gargalhada, na Estação do TERROR, nesse calabouço, mapa ao contrário da nossa casa e onde se encontra de cada coisa o seu duplo invertido. E tua vitalidade e juventude aqui em cima, perceberemos que repousam sobre camadas de pedra e cimento escondendo um sepulcro onde já se desenha essa velha que um dia serás em seu desdentado delírio de moribunda, atingindo depois o orgasmo no ÊXTASE que é a última estação, onde a dor e o sonho e a beleza, o riso e o terror se misturam num único fragmento de instante antes de ao ar puro e à superfície sermos de novo remetidos.

É então chegado o entardecer desta história, Isis. E vou sentar-me em meu posto preferido, a fronteira, o limite. Aqui, cavalgo este muro a dividir, de um lado, onde balança minha perna direita, a Universidade, com o seu pomposo fórum da Ciência e da Cultura, dentro do qual, no meu entender, velhos sábios deveriam estar conspirando para a arquitetura de uma vida melhor; do outro lado, para onde pende minha perna esquerda, a Clínica Pinel, de triste fama.*

* O Instituto de Ciências Humanas da Universidade Federal do Rio de Janeiro, além de algumas faculdades da mesma UFRJ, funciona num conjunto de prédios limítrofe à Clínica Pinel.

Uma fronteira e limite por tantas vezes violados que já não podemos dizer com certeza a que território, destes dois, pertencem as pessoas que se movimentam nessas cercanias. Pois quantos casos já não se registraram de professores e discípulos ilustres que, por um simples ultrapassar dessa zona-limite, se transferiram, por conta própria ou arrastados, da Instituição de Ensino para a outra? Do mesmo modo, quantos, da Pinel, e por quantas vezes, não passeiam ali, do outro lado, ou porque os deixam livres, os inofensivos — ou fugidos, muitos outros? E se às vezes vagam pelos jardins e sombrios corredores ou, pacificamente, assistem às aulas e conferências, não são assim tão raras as ocasiões em que chamam a si a responsabilidade de ministrá-las, diante de uma plateia entre entusiasmada e estarrecida, até que venham buscá-los, usando da persuasão ou força.

Melhor estariam, talvez, se pendessem aqui entre os dois lados, como eu, um homem livre. À minha frente, a avenida, com o nome de Venceslau Brás, onde diariamente os vejo passar, os habitantes desta cidade, rumo ao Centro, os escritórios, os bancos, o Mercado Imobiliário, o Comércio, a Indústria, as *minas de ouro.*

Passam, ruidosamente, no meio do calor e da fumaça ou de uma chuva que fustiga. Passam nos ônibus, carros, caminhões, motocicletas, rumo às suas histórias pessoais, cotidianas.

Histórias que envolvem contínuos que se tornaram presidentes de banco; operadores do *open market* que dormiram duros e acordaram ricos, como num sonho invertido; militares de alta patente dando cobertura a multinacionais; advogados inescrupulosos subornando doutos magistrados; mulheres lindas da alta sociedade entreg...

Histórias que envolvem crimes perfeitos, corridas de Fórmula Um, best-sellers, enfartes, reuniões ministeriais, sexo, prisões domiciliares, espionagem industrial, guerras, falências fraudulentas, greves incentivadas pelos próprios patr...

Histórias que envolvem, ainda, contínuos que nunca se tornarão presidentes de banco; operadores do mercado que dormiram lúcidos e acordaram loucos, como num pesadelo definitivo; militares de baixa patente imobilizados em posição de sentido; escriturários subornados por ninharias; confissões extraídas no pau de arara; plateias nos estádios ávidas de emoção e sangue; mulheres murchas entregando seu corpo a príncipes desdentados.

Histórias a envolverem, também, greves em busca do mínimo, despedidas em massa, quebra-quebras de trens, crimes sexuais e ações de despejo, assaltos à mão armada com revólveres de brinquedo, revistas de sacanagem, títulos de operário-padrão e de inimigo público número um — e mais câncer, cancro, tuberculose e o resto todo.

Histórias que ficariam melhor em filmes sórdidos, em preto e branco, ou em algum manifesto de jornal de esquerda por uma revolução radicalíssima.

E só eu, dentre todos, pareço estar desligado, atento apenas ao fluir dessa corrente. Observo-os, todos, e, por um instante, quando vens chamar-me — Isis, Sílvia ou qualquer outro nome que me apeteça dar-te — é como se esse movimento se suspendesse, durante uma fração milimétrica e eterna de tempo. Como se eles, interrompendo os próprios gestos, descobrissem que tais gestos há muito perderam o significado.

Então também pairo acima de mim próprio e sou como um urubu que flutua, ainda não seduzido por qualquer carniça.

— Vem, está na hora — tu dizes, estendendo-me a mão com um sorriso aliciante, como se repetisse Satã conduzindo o Cristo ao topo do monte: "Adora-me que tudo isso será teu".

Ou como se dissesse, ainda: "Agora que descemos às profundas, que terminamos nosso projeto, a casa, já é hora de voltar".

Voltar para onde, Isis? Um recuo para os espaços que tu e os teus determinaram ser o da realidade a que todos, por força, teremos de nos ajustar?

Uma realidade tão mesquinha que não passaria, a princípio, do refeitório de uma clínica onde doentes pacificados aguardam mansamente o retornar, do pátio, de uma ovelha desgarrada a quem a médica (tu, Isis) foi buscar.

E que deveria agora sentar-se entre eles e cumprir a sua parte, a de aqui estar, um número entre outros números bordados sobre tristes uniformes cinza e vigiados todos por pessoas do ramo, como tu, Isis. Não uma arquiteta ou psicanalista, graus a que te elevei, mas uma simples burocrata da loucura deles, organizada em instituições, graus de hierarquia, ofícios padronizados, Estados. Sim, uma simples médica assalariada, receitando choques, terapias, internamentos, para que gire nos eixos esse universo que, do meu posto sobre o muro, observo caminhar em rotações e translações desesperadas.

E julgavas ser também uma dessas terapias a construção da nossa casa, agora terminada, depois de uma longa travessia durante a qual me acompanhaste, Isis. E sorris, radiante, quando me vês saltar do muro e caminhar contigo, gentilmente, de braço dado, quando julgas que também eu aceitarei penetrar naquele espaço, o refeitório, a clínica, seus internos, os quartos, o regulamento, a partir de cuja aceitação, de minha parte, poderás benevolente dar-me alta, orgulhosa do teu sucesso. Mas se tal te parece, Isis, isso não quer dizer que seja bem assim, na verdade.

Na verdade, Isis, é mesmo o entardecer, mas criados de libré, como nos antigos folhetins, acendem archotes à nossa passagem, enquanto piscam os primeiros vaga-lumes e, por toda parte, nestas aleias floridas, respira-se uma fragrância de vegetais ao cair da primeira chuva. Uma chuva que logo terá cedido lugar a um crepúsculo róseo, a servir de invólucro para o ato que ora irá se realizar neste palco onde foi tudo preparado para a nossa entrada, quando se inaugura esta casa tão longamente desejada. E no instante em que vencemos o último degrau da escadaria, abrem-se as portas de par em par e oh, surpresa, já nos aguardam, imóveis como bonecos de cera, os convidados para o festim em nossa homenagem.

Mas por que hesitas, olhando-me nos olhos, como se a cena que nele se reflete te horrorizasse? Então te deixo à porta e, com um pequeno gesto, ordeno ao mestre de cerimônias que me faça anunciar, com as três pancadinhas de praxe. E imediatamente todos eles, os convidados, se põem em movimento, como um presépio mecânico cuja chave de força fora neste instante acionada.

Ordena o protocolo que mantenha eu uma cortesia altiva e que elas, as damas do nosso reino encantado, curvem-se em leve genuflexão à minha passagem, enquanto, em seus ritos vagarosos, movimentam-se o Clero, o Corpo Diplomático, os altos dignitários do Estado, os artistas mais renomados, a altíssima sociedade.

E passando altivo, entre eles, através do piso atapetado de vermelho, não é preciso voltar a cabeça para trás ou para os lados, para saber que neste instante mesmo o Cardeal estará a estender a mão para que a beijem; que o Ministro da Justiça estará a responder, diante de um pedido de clemência, que também a ele repugna o sangue, mas, "o Senhor Embaixador haverá de compreender, em circunstâncias especialíssimas para a segurança do Estado... e, de qualquer modo, teria sido preciso avisar a tempo ao carrasco".

Que neste instante, ainda, o nosso Primeiro-Ministro, com

sua jovialidade característica, estará a repetir, ao correspondente estrangeiro, que, sim, o país caminha, pois, se o próprio planeta caminha sempre, como pode o país não caminhar?

Que, por seu turno, o presidente de uma grande empresa de um país *amigo* cochicha ao ouvido de um assessor ministerial propostas de concessões no campo energético; que o líder da oposição moderada (a outra foi implacavelmente destruída) acompanha meus passos, agora, com olhos implorantes, para que eu me digne lançar-lhe um olhar de compreensão que confirme o nosso tácito entendimento: o de que necessitamos um do outro para que as coisas prossigam sem alteração do rumo.

Que, ainda, as mais belas damas da corte murmuram atrás dos leques a respeito de como é bela, magnífica, tonitruante, majestosa, enérgica, viril, harmoniosa, a Nossa Real Pessoa que, depois de atravessar esta aglomeração de cidadãos — com uma característica comum, são todos eles insignes —, estaca subitamente, bocejando de tédio.

Que também o diretor do Teatro Nacional, observando atentamente este momento da cerimônia, dá uma pequena cotovelada na barriga protuberante do nosso dramaturgo oficial que, por coincidência, é também o Bobo da Corte, como se a sugerir-lhe o final de um *libretto* para uma Ópera que exalte, com toda a pompa, os feitos mais gloriosos da nossa raça.

Uma Ópera-Bufa, por certo, pois nossa História, já se sabe, tem sido através dos tempos uma comédia. E se existe alguém predestinado a escrevê-la, este é ninguém menos que o Bobo da Corte.

Uma comédia que se aproxima neste instante do seu ápice, quando, ali parado, diante de uma escadinha atapetada de veludo, ergo displicentemente o braço, a fim de que se produza no recinto o mais absoluto silêncio.

Para logo depois, a um pequeno gesto meu, ouvir-se o soar de clarins e o início da salva, ao longe, dos vinte e um tiros de canhão. Enquanto eu, no meio de uma gargalhada geral, subo os cinco ou seis degraus da escadinha... e sento-me no trono.

O sexo não é uma coisa tão natural

Mas como é possível, penetrar num corpo que não é o seu próprio, e ali permanecer, dentro de entranhas, visgos, líquidos, paredes vermelhas que se ajustam como luvas e, ainda mais, dão prazer?

Ou então, para ela, a mulher, ser trespassada por um osso que não é bem osso, sangue misturado com a carne, cartilagens, contraindo-se e dilatando-se a comandos invisíveis, como se infringíssemos os limites das leis?

E depois soltar líquidos, fertilizar no desespero do gozo, o que, por sua vez, fará gerar outros seres dotados do mesmo trêmulo desespero?

E quer-se mais, sempre mais. Ele, o homem, fatigado de possuí-la ao modo civilizado dos atuais humanos, agora a quer de costas — e ah, isso machuca, sim, ah!

Mas quer-se mais, cada vez mais, ainda que seja o prazer junto à dor, entre lágrimas, e ela, a mulher, deseja esse homem gentil e brutal, carinhoso e perverso. Que ele goze egoísta e gemendo e depois role para o lado, como uma besta. E ela ama e protege, a esse bicho. Não se lava do sangue com que ele a marcou e é mesmo capaz de acariciá-lo em seu sono de assassino.

O sono de ambos, agora, que no entanto não significa a trégua mas uma continuação, partilhada com outros corpos e rostos, nas quedas tenebrosas no vácuo dos sonhos. Moços, velhos, de ambos os sexos, indistintos como anjos, demônios, seres bestiais entre fugas e perseguições. Mas todos também dotados desse poder de espadas ou cofres de veludo, a devassarem-se impudicamente, trespassando-se de mil formas, entre gritos e risos, ou mesmo rostos impassíveis, uma obra de Hyeronimus Bosch.

Então se acorda e olha-se em torno, surpreso, o coração ainda a bater, os olhos vermelhos, hálitos, corpos que perderam o viço dos banhos perfumados, das luzes e máscaras da noite.

Mas ainda assim procuram-se eles nessa madrugada, agora sob cobertas, se encaixam mais uma vez, sem beijos, como quem não quer ser cheirado ou visto.

E depois é recompor-se para mais um dia, novos banhos, roupas limpas, o trabalho, a batalha das ruas. E busca-se mais, sempre mais, há outras pessoas, terceiros resguardados nos segredos que trazemos todos e que, se viessem à claridade, fariam desintegrar o nosso mundo.

E depois desse que a teve à noite, deseja, pérfida, a mulher, um outro mais cruel, se este último foi bonzinho. Ou então, pelo contrário, aquele que ela presumirá gentil e carinhoso, se foi o último o bruto.

"Ah, que me afague e me console, como um paizinho. E se o seu sexo também me corta, ele o faz de um modo tal que é como se não o fizesse, preparando-me com murmúrios incompreensíveis, a palavra que se sopra num ouvido dentro de um desses bares de meia claridade, mesmo durante a tarde, abrigando os sinuosos de conversa e espírito, os homens que sempre conseguem um intervalo livre. E depois, muito aos poucos, como se temesse ferir uma flor, conduzindo-me igual a uma deusa ao templo, a um desses hotéis ambíguos e fosforescentes."

Mas, ah, esses homens cansam, vivendo apenas da sua fatuidade e de seu esperma ralo. O medo, agora, da mulher, de uma gravidez que só pode levá-la ao aborto do nojo. O que se pratica por se saber impossível amar tal filho e sim o filho do outro, o bruto, o que ama preguiçosamente, o verdadeiro. Que é capaz de dar nela um chute carinhoso na bunda muitíssimas vezes mais bonito do que aquelas palavras vazias. E que quando odeia, odeia — e diz: "Sua filha da puta", quase a lhe dar um soco. E que é também capaz de dizer: "Vou te usar hoje como se usa uma coisa; vou te comer hoje, minha mulher". E depois secando as lágrimas dela, como se não tivesse dito nada mais que nada. E que, por fim, é capaz de ceder: "Eu gosto de você, minha mulherzinha".

Ah, esse outro homem — soubesse ela — também pode estar agora, nesta tarde, buscando por sua vez entre duas pernas aquilo que não alcançou com ela e, quem sabe, jamais atingirá.

"Meu Deus, eu quero o prazer maior, ainda que me custe a paz."

E depois: "Meu Deus, eu quero a paz e não o prazer. E quem é essa que está aqui ao meu lado? Não a sinto, não a conheço. E por que a culpa, Senhor?

"Ah, minha mulherzinha, quando chegar em casa vou ser gentil contigo; vou te prometer até um filho, porque estou cansado e arrependido, principalmente cansado. Na cidade há um monte de fêmeas e machos andando de um lado para outro, faz calor e o ruído dos carros é insuportável, entre vapores quentes que sobem do asfalto. Alguns desses machos e fêmeas estão absorvidos de um modo tal na subsistência que mal se olham no rosto ou no corpo, ou aquele olhar que vai direto entre as pernas. Mas outros, como nós, cuja subsistência está temporariamente garantida, poderão estar neste momento nos bares que começaram a receber seus fregueses; nos olhares que se trocaram em todos os locais de trabalho e depois, mais tarde, cumprem-se os desejos e promessas, a satisfação e, mais uma vez, o cansaço.

"O que fazemos nós, que já aceitamos tudo com naturalidade, quando, de fato, não passamos de bichos numa queimada da floresta e deveríamos todos correr em busca de um rio, uma vegetação, um oásis, onde, aí sim, talvez pudéssemos saber o que são os nossos corpos?"

A nostalgia, então, dos jantares simples, com pão, sopa, arroz, feijão-preto e carne assada, programas de televisão ou de rádio, crianças que rezam antes de ir para a cama. Casais que se amam como antigamente, gerando filhos, olhando-se nos rostos, beijando-se, sem pedir mais do que uma pacata satisfação...

Que logo acaba e quer-se mais, sim, muito mais e isso movimenta o mundo. E o maridinho que larga um dia a mulher e vários filhos por causa da putinha, porque esta, sim, sabia simular com perfeição os suspiros e o arranhar do peito e por isso o foi ganhando dia a dia, como doses medidas de cocaína, pedaço a pedaço, porque ele achava, de início, que poderia estar aí a *felicidade*, e depois simplesmente não podia prescindir desse vício. Até deixá-lo sem ânimo nem mesmo para matar-se.

E como, meu Deus, pode ser tudo tão natural se aquela outra, costureirinha ou comerciária, toma um dia veneno de rato por causa daquele rapazinho de família que saía com ela de carro e que fazia o sexo com um sorriso quase de deboche, e rompendo-lhe um dia as carnes sem nenhuma preparação ou tato, abrasando-a literalmente? E aquilo passa a fazer-lhe uma falta tão profunda que, à sua ausência, prefere ela morrer entre vômitos e estrebuchando-se: "Ou te tenho ou nada".

E aquele outro, o estrangulador, que depois de haver terminado com a vítima, uma solteirona, ajeita os cabelos dela e a compõe na cama, a cabeça sobre o travesseiro, fechando-lhe a boca e os olhos para apagar qualquer traço de violência ou terror e depois, sentado à mesa, após ter feito para si na cozinha um sanduíche, bebe um gole de Coca-Cola — como se fosse um patrício romano e sua taça de vinho — e contempla sua obra? Contempla-a, assim, antes de possuí-la, como um epicurista refinado e não é mesmo pena que ela, morta, não possa viver esse seu momento único de mulher cobiçada?

E mais e mais. Cópulas delirantes nas masturbações dos adolescentes; revistas emporcalhadas nas mãos dos veados; garotos da roça abraçando-se a árvores ou a animais que não são da sua espécie; moças lambidas por cães; rapazes que deixam passear em seu sexo moscas molhadas na lassidão de um banho quente; torturas sexuais dentro de celas herméticas e incomunicáveis com o mundo, como se o torturador desejasse, desejasse... o quê?

Sim, mais e mais, como se Eros fosse o Deus único e implacável, justificando todos os crimes, perfídias, vinganças. Milhões de Medeias atravessando os tempos, sacrificando seus filhos ou os filhos da "outra" em nome do seu santificado *amor*. Ah, e os homens, os amantes desprezados preferindo, no homicídio, vinte anos de prisão à desonra, como se todos os olhares do mundo se concentrassem em seu dilaceramento e não cada um em sua própria dor, egolátrica e intransferível.

Ah, e o mito do poeta necrófago, a amar como se fosse ele próprio um soneto, moças pálidas enterradas na véspera, seus finos braços que pendem para o lado, o seio ainda tão durinho mas que não arfa mais, um luar que ilumina aquela face viva do violador, porém ainda mais macilenta que a dos mortos, uma barba desvairada, uma gota de cuspe pingando da boca. Poeta, poeta! Como se fosses tu em todos os tempos uma variante mais inofensiva dos assassinos.

Ah, e o famoso bordel das colegiais, imaginado por todos os devassos de província, como se o tédio das cidades pequenas de repente se materializasse num sonho coletivo em que garotinhas cândidas despem um uniforme negro e suas alças de colégio de freira, compridas meias brancas e, ao lado da cama, uma pasta escolar, sim, uma pasta escolar.

Ah, e os rapazinhos a se surpreenderem, um dia, num gesto lânguido de ajeitar os cabelos diante do espelho; um gesto que primeiro negam, engrossando a voz, enquanto se dizem: "Comigo, não — comigo não pode acontecer". Mas logo depois aquele impulso mais forte, abrir a camisa, afagar-se no peito onde deveriam estar os seios. Uma primeira lágrima, que vai se transformando em soluço, um choro que ele descobre um alívio e não uma nova dor; como se uma pressão há muito acumulada dentro da cabeça de repente se esvaísse — e ele vê, então — ele vê que é corajoso e íntegro —, o grande êxtase da unidade, vê que é mais que um homem e subitamente, na sua liberdade, percebe que pode arrumar sua mala, juntar suas poucas coisas e partir para Amsterdã, ou então simplesmente sair para as ruas e combater, ainda não sabe bem por que causa, mas *combater*.

Ah, e o menino, ainda, que olha nua a mãe, a irmã ou avó e compreende, com nojo, que teve uma ereção, e o que está oculto e proibido se deseja, trate-se de um cigarro ou uma mulher. E que a mulher, entretanto, não pode ser aquela e, daí para a frente, sabe também que seu itinerário na rua, onde antes ele chutava tampinhas de garrafa, olhava modelos de carros, pipas, balões, será o mesmo da silenciosa multidão carente: olhos nos olhos, sorrisos furtivos, cochichos de baixo calão.

Bundas e seios expostos em todas as bancas de revistas; bocetas veladas como sorvetes que não se deixassem chupar; sexo, sexo, sexo, nos letreiros luminosos dos cinemas, como se o interesse maior do homem fosse contemplar infindavelmente o ato sexual.

E mais e mais, como se tudo não passasse disto: perfumes, sêmens, preservativos, exames ginecológicos, abortos, espirais contra mosquitos a arderem em hotéis fodidos da zona, como se incenso queimando em templos erigidos em honra a divindades orientais.

E mais, ainda: cães atados a ganirem no desespero de buscarem um retorno ao próprio corpo (e não podem) entre homens ao redor a rirem grosseiramente; gafanhotos a se deceparem no meio do gozo; cavalos e éguas a relinchar; homens e mulheres suspirando sobre os tapetes dos apartamentos, examinando-se sob a luz azulada de um televisor; saias levantadas junto a muros e postes; bonecas estripadas numa necrópsia infantil; graves brincadeiras de médico; estupros dentro de carros, matagais, a lâmina de um punhal que faz escorrer, na ânsia, um fino filete vermelho de um pescoço branco, enquanto lá embaixo, entre as pernas, verte-se a vida, a vida, a vida...

Querendo-nos comer uns aos outros, roubar o que está além (o que existe ali dentro, meu Deus?), para sê-lo também, tornar-se maior, o anjo perdido ou prometido desde os primórdios, forte e belo e bastando-se, ah!

Sons como *arf* — *ai* — *ahn* — *sim* e *não*, os desejos dos pormenores mais ínfimos, olhar para dentro de um útero, um cu, segurar um pau como se fôssemos todos náufragos estendendo a mão e não há botes salva-vidas, apenas vagas imensas onde nos espreitam baleias bíblicas que nos vão engolir; que nos buscam como buscamos nós uma alma, um poço, sim, um poço, em cujo fundo brilha uma água profunda e negra e límpida ou brilha maravilhosamente nada.

E mais e mais: até estarmos todos chupados, exangues, cacos, pelancas, sem nada mais para exalar sobre um leito que os odores da doença e os suspiros brochas dos moribundos.

O concerto de João Gilberto no Rio de Janeiro

JOHN KENNEDY AIRPORT:

John Cage ofereceu a gaiola vazia a João Gilberto e disse que era um presente de despedida.

— *This cage* — disse John Cage — *contains the Bird of perfection.* Guarde-a com você, João. É como um amuleto que o socorrerá nas intempéries e preservará a sua voz e o seu caráter límpidos de imperfeições.

João tomou mais um gole de água mineral, deu uma piscadela para o *Pássaro da perfeição* e pensou na Bahia.

— Ogum, saravá, Exu — cantarolou suavemente João, acompanhando-se com batidas de uma colherzinha de café na garrafa de água mineral.

— *What a marvellous day* — comentou John Cage, observando o pátio de estacionamento de aviões pela janela envidraçada do restaurante do aeroporto, ao som das batidinhas de colher de João Gilberto. — *Nice trip to you* — concluiu Cage, levantando-se de supetão. Acabava de ver, num reflexo da vidraça, que se ensombrecera com a decolagem de um Tupolev, o diretor do teatro Bob Wilson que subia pela escada rolante a ler o *New York Times*.

— *Hei, Bob* — cumprimentou John Cage, quando Bob Wilson chegou ao topo da escada. Bob não respondeu ao cumprimento; tinha um olhar fixo de autômato e virou-se imediatamente para descer a escada. "Bob não está no aeroporto para viajar ou despedir-se de alguém", Cage pensou lá de cima. "Bob está apenas compondo um figurante anônimo na movimentação de atores-personagens no Kennedy Airport. Bob Wilson é um artista em tempo integral", concluiu John Cage, a descer ele próprio a escada rolante, cruzando com Bob, que novamente subia, o exemplar do *New York Times* tapando agora seu rosto.

John Cage, com sua presença, acionou a porta automática da estação de passageiros, saiu para a rua e olhou o céu. Era uma tarde de outono em New York City e John achou bonito o rastro branco no céu azul que um jato deixava à sua passagem. "João Gilberto vai deixar um rastro assim, de New York ao Rio de Janeiro", meditou John Cage. "Primeiro passa o avião e só depois é que a gente escuta o ruído."

John Cage entrou em seu carro refletindo sobre o ruído ensurdecedor dos aviões.

aviões que passavam rasante sobre as casas próximas ao aeroporto. "Isto é também um momento espiritual, um espaço zen", pensou Cage. "O ruído total equivale ao silêncio total. Quantos decibéis serão necessários para transportar o homem a um novo tipo de percepção?"

TAKE OFF:

João Gilberto já começou a sentir nostalgia de Nova York

quando o homem do *check* de bagagens, ao perceber a gaiola, disse que, a rigor, os animais só podiam viajar no compartimento a eles destinado. Mas como este era um pássaro muito sensível, ele ia abrir uma exceção.

"Esta cidade é o templo do Mundo Ocidental, aonde todos os anos as pessoas deviam vir em peregrinação", pensou João, atando o cinto de segurança. "E todas as tardes, ao acenderem-se os luminosos do Times Square, em todos os países do Ocidente as pessoas deviam ajoelhar-se nesta direção."

Nesse momento passou a aeromoça oferecendo chicletes. João começou a mascar chicletes, compondo mentalmente o "Bubble gum samba". Uma estrutura tríplice baseada na oposição dos sons da saliva, dos dentes e do maxilar. João pensou em micromicrofones instalados dentro da sua boca no momento da gravação.

PINGUE-PONGUE:

João perguntou à aeromoça se na aeronave havia mesa de pingue-pongue. A aeromoça disse que não, mas se João quisesse podia escutar música em três canais à escolha.

— *No, thanks* — disse João. Ele não queria uma música qualquer. Ele queria aquele "poc-poc" das bolinhas de pingue-pongue. João pensava agora na sonoridade simples daquelas duas palavras: "pingue" e "pongue".

"Poc-poc, pingue-pongue; poc-poc, pingue-pongue", João foi repetindo, como quem conta carneirinhos, até adormecer com a gaiola em seu colo.

BOAS-VINDAS:

João acordou ao amanhecer com leves batidinhas em sua janela. Olhou para fora e viu um urubu pousado na asa do avião. "Já estamos em terras do meu país", pensou emocionado João. E acenou para o urubu.

O urubu insistiu, batendo com o bico na janela. João prestou mais atenção e percebeu que o urubu transmitia uma mensagem em código morse: *Cotonetes. Minha casa está cheia de cotonetes. Comprei cotonetes pra limpar bem os ouvidos e te escutar no Canecão. Abraços, Antônio Carlos Jobim.*

João pediu emprestado à aeromoça uma caneta Bic: *Entendido, câmbio*, ele transmitiu, batendo com a canetinha na janela.

Alguma mensagem ou pergunta?, ofereceu o urubu.

Como é que está a barra lá embaixo?, perguntou João.

Boa. Muito boa, respondeu o urubu. *A gente fica flutuando sobre a Baixada, esperando a desova do Esquadrão. Depois é só fixar o rumo no presunto e mergulhar de cabeça.*

Nesse momento João reparou que o urubu estava repulsivamente gordo. E João fez *pschit, pschit*, em código morse, igual aos frequentadores de cinema espantando da tela o urubu da Condor Filmes. O urubu bateu asas assustado e se mandou. João ficou pensando num samba que explorasse as possibilidades da letra *u*. Talvez com o título de "Um urubu em Umuarama".

O URUBU DA CONDOR:

Uma tarde João estava sentado sozinho num cinema do Rio

de Janeiro. João achava que os cinemas vazios e os filmes ruins eram muito bons para um sujeito pensar em paz. "O filme não interfere com a cabeça da gente."

Era um filme da Condor Filmes e, como sempre, apareceu na tela aquele urubu. João olhou para os lados e viu que era o único espectador. "Vou quebrar uma tradição", João pensou. "Se eu não espantar o urubu não vai haver ninguém mais pra fazer isso. Será a primeira vez que ninguém espanta o urubu da Condor. Quero ver se com isso o urubu continua pousado naquele rochedo. Talvez o filme nem comece."

Os pensamentos de João foram interrompidos pelo lanterninha que passou correndo entre as fileiras de poltronas vazias. O lanterninha agitava os braços, fazendo "pschit, pschit", e o urubu bateu asas e saiu voando, deixando atrás de si aquele rastro de letras que formava o nome da Condor. E o filme pôde começar.

AEROPORTO INTERNACIONAL DO GALEÃO:

A sacada do aeroporto estava cheia de gente agitando faixas e cartazes. "É o Prestes", informou um mecânico a JG. "O Prestes voltou."

Desembarcando de outro avião, vinha Luís Carlos Prestes de volta do exílio, carregando uma maletinha James Bond.

João aproximou-se de Prestes na Alfândega e sussurrou:

— Qual seria a Estética do Partido no poder?

— Uma estética para as massas, uma estética para as massas — respondeu prontamente o Cavaleiro da Esperança.

— Boa resposta — sorriu João. E saiu cantando pelas dependências da Alfândega:

"Só danço o samba, só danço o samba, vai, vai, vai, vai, vai..."

Prestes o acompanhava batucando na maletinha James Bond cheia de documentos do Partido.

ALFÂNDEGA:

— Esse pássaro tem de ficar de quarentena — disse o Inspetor, coçando o saco. — Para não contaminar os pássaros do país — acrescentou um cidadão de terno escuro, apontando o dedo para João Gilberto, como se também ele, João, devesse submeter-se à quarentena. Era o crítico José Ramos Tinhorão, que também estava por ali espiando a chegada de Prestes. Prestes, nesse momento, era carregado em triunfo nos ombros dos correligionários.

João Gilberto dirigiu-se aflitamente ao bolo de pessoas e gritou para o líder:

— E a anistia, a abertura? Não dá para o senhor interceder pelo meu pássaro? Não tem ninguém do Partido trabalhando na Alfândega?

— Calma, rapaz; a gente mal está chegando — disse Prestes nos ombros da massa.

— E isso só se resolve com...

— Legalidade para o PC, legalidade para o PC — entoava em uníssono a multidão.

O AUTOR:

O autor, embora fosse favorável à legalidade do PC, não estava ali para receber Luís Carlos Prestes. O autor viera ali receber João Gilberto. Queria fazer umas perguntinhas a João, pedir um autógrafo, mas respeitou a dor do ídolo. João se deixara ficar deprimido, num canto, enquanto levavam seu pássaro para algum obscuro recinto do aeroporto.

O autor achava que a gritaria da turba do PC devia incomodar os ouvidos de João. O pessoal cantava mal demais o Hino Nacional. E que oportunidade perdida, meu Deus! Já pensaram João Gilberto cantando o "Ouviram do Ipiranga", acompanhado de suas batidinhas características ao violão? Talvez até as palavras "fúlgido" e "lábaro" adquirissem uma nova conotação. O autor tinha certeza de que, pela primeira vez, as sílabas das proparoxítonas seriam entoadas em sua plenitude. Uma entonação ao mesmo tempo "plácida" e "retumbante", sorriu o autor, contente do seu achado. Que lucidez crítica se as pessoas tomassem plena consciência de cada partícula do Hino Nacional. Talvez a partir daí se chegasse à decisão de adotar um novo hino, escolhido por todo o povo através de um Festival.

— Siga aquele carro — disse o autor ao chofer de táxi, apontando o carro de João.

Gasolina cara demais, dia quente demais, trânsito ruim, o motorista estava de mau humor:

— Está achando que isso aqui é seriado de TV? Como é que eu vou seguir um carro nesta zorra da avenida Brasil?

De fato, entre o carro de João Gilberto e o táxi do autor já se interpuseram um monte de veículos e a multidão de simpatizantes do PC. Longe do aeroporto, dos provocadores e possíveis radicais da Aeronáutica, a multidão cantava sem medo a *Internacional*.

O autor pensou em João lá dentro do outro carro. As primeiras impressões de João em seu retorno: a favela da Maré, o cheiro de lama fétida na avenida Brasil, os engarrafamentos, talvez algum desastre, um tiroteio, depois o Gasômetro, a Leopoldina. Até chegar ao Rebouças e depois à Lagoa e depois à praia.

Seria bonito o reencontro de João com a praia. De certo modo João também era um exilado. Um exilado musical. Mas antes de chegar à praia João tinha de enfrentar aquela barra da entrada do Rio de Janeiro. Subitamente político, talvez João cantasse dentro do carro alguns acordes da *Internacional*. Assim: "Badabadá, baiadá, badabadá, baiadá". Até Stálin haveria de gostar.

DEVANEIOS DE UM AUTOR:

Por onde andará João? Tocando violão e jogando futebol num sítio com os Novos Baianos? Cantando com as irmãs Buarque de Holanda numa feijoada lá em casa do Chico? Bebendo com o Tom num botequim escondido? Não, JG não tem jeito de quem bebe ou vai nas coisas. Em compensação, o Tom...

Uma vez o autor (um espião) viu o Tom de porre lá no Garota de Ipanema. Quando o Tom atravessou em zigue-zague a Prudente de Morais, o autor ficou com medo de que ele morresse atropelado. Que piada mais negra, o Tom estendido entre velas em frente ao bar onde compôs a famosa canção. Curioso esse apelido tirado do nome do Antônio Carlos Jobim: *Tom*. Consequência da música ou, desde o princípio, uma predestinação? Do mesmo modo que as iniciais dos nomes do Milton Nascimento: Minas. É isso.

E Caetano que não veio ao aeroporto? Antigamente Caetano sempre aparecia. Caetano anda meio desligado, *odara, qualquer coisa*. Fica sentado na praia lá na Montenegro, com sua corte em volta. De vez em quando acena displicentemente para algum conhecido, quase como se não o visse. O autor pensa em Caetano sentado num trono, com cetro e manto reais, concedendo audiência aos cortesãos. Caetano é um ídolo. Deus também é um ídolo.

Caetano parece mais é entediado. Como quem já viveu tudo, todos os prazeres e quisesse tornar-se um monge. De vez em quando faz uma canção bonita, falando no *tempo* e coisas e tais. O autor pensa em Caetano se convertendo ao Islã. "Caetano muçulmano", uma rima digna de Jorge Ben.

A REVISTA *AMIGA:*

"João Gilberto no Rio quase não sai. Gosta de passear na Barra da Tijuca, ver os túneis, ele mesmo dirigindo."
João sempre vem com uma diferente, pensa o autor, que toda a vida teve paranoia de túnel: poxa, ser engolido por aquele troço quente e escuro, cheio de barulho e fumaça. João, não. Vai lá, curte o túnel e pronto.

O RESPEITO PELO ARTISTA
(OU DOIS MOMENTOS HISTÓRICOS):

Há vinte e tantos anos, ali naquele estádio entre a avenida Venceslau Brás e a rua General Severiano, um moleque descalço assistia, com o rosto colado à grade, a um treino do Botafogo de Futebol e Regatas. Estupefato, vê entrar na ponta direita do time reserva um garoto de pernas tortas que, na primeira jogada, com uma série de dribles improváveis, deixa sentado o lateral esquerdo Nílton Santos, o maior estilista de todos os tempos na posição. O moleque aprendia intuitivamente com Garrincha, naquele instante, que a linha reta nem sempre é o caminho mais hábil entre dois pontos.

Agora, muitos anos depois, o estádio do Botafogo não existe mais. No gramado se deposita material de construção e vão construir ali um supermercado. Do outro lado da Venceslau Brás, na esquina, ergue-se o Canecão, cervejaria onde costumam se apresentar os ídolos da música popular brasileira que dispõem de um vasto público.

João Gilberto desce neste momento de um carro, em frente ao Canecão, para o primeiro ensaio. JG olha o céu azul, os edifícios, as montanhas da cidade de São Sebastião do Rio de Janeiro — e abre os braços, imitando o Cristo Redentor.

Um Inspetor de Trânsito, reconhecendo o ídolo pelas fotografias nos jornais, também abre os braços e para o tráfego em todas as direções, em homenagem a JG.

O Inspetor é como um maestro regendo o trânsito e sorri para João Gilberto. João sorri de volta para o Inspetor e entra bem-humorado para o primeiro ensaio no Canecão.

Logo depois, a um sinal do Inspetor, o fluxo de tráfego se realimenta, com seus ruídos infernais. O Inspetor de Trânsito é o mesmo moleque que assistira ao primeiro treino de Garrincha no Botafogo.

OS JORNAIS:

"Aos 48 anos, os cabelos rareando, vestido com simplicidade, João Gilberto está mais calmo e maduro. Ensaia todos os dias sob um forte calor, procura contornar com paciência os problemas de som do Canecão. João está até dando entrevista. Diz que está muito feliz, emocionado por cantar outra vez no Brasil. Pode ser até que volte em definitivo, embora continue gostando muito de Nova York. *'Uma cidade onde você só vê as pessoas uma vez.'*"

O AUTOR:

O autor imagina que aos quarenta e oito anos um homem deve chegar àquele encontro consigo mesmo no presente, porque não há futuro. Vendo aproximar-se o fundo do funil, percebe que a vida não é ilimitada e então é preciso se dar ao máximo a cada coisa, dentro dos limites de cada um. Criar no limite mesmo o ilimitado.

— Só canto as músicas que gosto — declara João.

O TERRORISTA VENEZUELANO CARLOS,
O CHACAL:

"Sei que a qualquer momento uma arma será apontada em minha direção. Por isso vivo intensamente."

No fundo, somos todos como Carlos. Câncer, enfarte, atropelamento, assalto, a qualquer momento a arma da morte poderá ser apontada em nossa direção.

BOCHICHOS:

Que o problema do som está difícil de resolver. Mas João garante que até o dia da estreia...

Que, à medida que o tempo passa, João fica mais triste, fica falando num tal Pássaro. Que João está triste porque o Pássaro deve estar triste lá na *quarentena*.

Que as pessoas estão com medo de que João venha de novo com alguma aprontação. "Lembram-se daquela vez em que ele...?"

Que o problema principal é o retorno do som, os músicos

não se escutam uns aos outros. Mas os melhores técnicos estão sendo consultados *et cetera* e tal.

JOÃO GILBERTO:

— Quem sabe se a gente pusesse aqui num canto do palco o Pássaro de John Cage? Talvez o Pássaro funcionasse como catalisador do som.

João toma uma decisão e vai ver o Pássaro lá na *quarentena*. Levado até a gaiola, percebe que o pássaro sumiu. O funcionário argumenta que a gaiola sempre esteve vazia.

— É preciso saber ver esse pássaro — diz João. — Na hora de apreender vocês viram. Só na hora de apreender.

JG À REVISTA *AMIGA*,
DEPOIS QUE TUDO SE PASSOU:

"Eu não me ouvia porque não havia retorno de som para mim. O maestro regia olhando para minha mão porque também ele não me ouvia. Aliás, ninguém se ouvia."

SOM:

"Sensação produzida pelo estímulo dos órgãos auditivos por vibrações transmitidas através do ar e outros meios." (*Random House Dictionary*)

O som é, portanto, uma relação. Não existe som sem que exista também quem o escute. Do mesmo modo que a *cor* só existe em relação com o olho. John Lennon disse uma vez que os Beatles pararam de fazer shows porque apenas arremedavam a si próprios em meio à gritaria do público. Os Beatles estavam piorando porque não ouviam a si mesmos.

ONDE FOI PARAR O SOM DE JOÃO GILBERTO?

O diretor da Clínica Pinel, localizada à avenida Venceslau Brás, próxima ao Canecão, comentou com o Corpo Médico que se achava diante de um fenômeno inexplicável: "Que durante várias horas da tarde ou da noite, ultimamente, os internos se mostravam estranhamente calmos, parados e atentos, como se captassem no ar certas vibrações. E que ele, o diretor, investigando por conta própria o que poderia estar acontecendo, verificou que tal estado, nos pacientes, coincidia com os ensaios de João Gilberto no Canecão".

Terá o retorno do som de João Gilberto ido parar na Pinel?

CORTE CINEMATOGRÁFICO PARA UM BALCÃO DE BOTEQUIM NA PRAÇA TIRADENTES, ONDE SE ENCONTRAM O AUTOR E SUA AMIGA LÉO:

O autor diz para a Léo, assistente do diretor Antunes Filho no espetáculo *Macunaíma*, que é linda aquela cena da peça em que passa o bloco fantasiado cantando baixinho a marchinha de Carnaval.

"Isso pega um lado do Carnaval", pensa o autor, "que é a melancolia das máscaras, das fantasias e às vezes da própria música." A tristeza da alegria. Edgar Allan Poe, em sua *Filosofia da composição*, escreveu que o poema "O corvo" obedecera a um planejamento rigoroso. Antes ele se perguntara qual o sentimento humano mais bonito. "A tristeza", concluíra. E o poema fora matematicamente construído, visando a um conteúdo-sonoridade correspondente a esse sentimento.

O autor acha que isso não passa de uma blague de Poe. Que Poe construiu seu poema na base da sensibilidade intuitiva e que só depois racionalizou em cima.

Raven-Never-More-Lenore: permutações sonoro-conteudísticas em cima do grasnar de um corvo.

Edgar Allan Poe(t): um nome trazendo em si a predestinação não só para a poesia mas para um tipo de poesia? O ritmo contido no próprio nome do poeta. *Raven-Allan-Edgar*.

O autor guarda no meio de seus escritos o esboço de uma teoria de predestinação dos poetas germinada em seu próprio nome.

"As quatro máscaras de Fernando-Persona."

"Cummings e a musicalidade silábica."

"Stéphane Mallarmé: a armação-urdidura de uma nova poética do espaço."

UMA AMIGA DO AUTOR:

É a Sílvia. Toca flauta, bebe etc. Quando estão ambos disponíveis, namoram ela e o autor. Às vezes se encontram por acaso num botequim qualquer de uma cidade qualquer. E é só ficarem *bebidos* que começam a exclamar um para o outro numa voz aterrorizante: *"Never more, never more"*.

ANIVERSÁRIO DO AUTOR:

À meia-noite de 29 para 30 de outubro o autor é chamado ao telefone pela Léo, lá do tradicional Bar e Café Lamas. Chega ao bar e senta-se à mesa com a Léo, o Antunes e a Salma.

Cumprimentam-no pelo aniversário e dizem que vão cantar o "Parabéns pra você".

O autor diz que fica encabulado com essas coisas. Eles falam que vão cantar então bem baixinho.

E cantam naquele tom *sussurrante* do bloco do Macunaíma.

— Garçom, um Steinhagen, a bebida dos profissionais — diz o autor, disfarçando a emoção.

DOUTOR SILVANA:

Apelido colocado no garçom do Lamas pelo Antunes Filho, por causa da incrível semelhança daquele com o vilão das histórias em quadrinhos.

O Antunes dirige a organização das mesas do Lamas para os seus amigos como se dirigisse uma peça de teatro.

NOSFERATU, O VAMPIRO:

O autor e a Léo encontram-se em frente ao teatro para irem ao cinema.

— O *Nosferatu* do Herzog é um vampiro tão angustiado que a gente fica com vontade de dar o pescoço para ele — diz a Léo.

O autor segura a mão da Léo e começam a namorar.

O AUTOR:

"De uns tempos para cá ando meio desligado, apático, quase não tenho saído de casa. Deixo que as pessoas, as mulheres, apareçam por aqui ao acaso. Também estou escrevendo pouco.

Fico mais é pensando, deixando as ideias entrarem e saírem da cabeça. Mas vou fazendo, muito devagar, um livro de contos. Textos que discutem o *dizer e o não dizer*. Um livro que busca algo assim como o silêncio.

Mas o que eu mais tenho preguiça é de sair para ver algum espetáculo. E detesto escolher. Voltei a ver teatro por causa do Antunes, que me telefona para ver essa ou aquela peça. É um modo de as coisas virem a mim em vez de eu ir até as coisas.

Também quase não ia mais aos bares. Ficava aqui em casa vendo televisão com meu filho, ou lendo ou rabiscando alguma coisa. O melhor dos livros é que a gente pode trazer eles para casa.

Voltei aos bares por causa da Léo e do Antunes. A gente costuma ir depois da meia-noite, quando acaba o *Macunaíma*."

NO TÁXI:

O Antunes vira-se para trás e diz à Léo:

— O Sérgio também conhece as coisas do Bob Wilson. O Bob Wilson estava na mesma cidade em que ele estava nos Estados Unidos.

IOWA CITY (1971):

O olhar do surdo, de Bob Wilson, era um espetáculo de quatro horas de duração, inteiramente silencioso, em que os atores-personagens, com gestos em câmera lenta, numa espécie de presépio animado expressionista, iam abrindo caminho muito aos poucos para uma apoteose, quando entrava no palco, também com extrema lentidão, uma orquestra com músicos travestidos de imensos gorilas que passava a executar o "Danúbio azul".

MACUNAÍMA:

Com seu livro *Macunaíma*, Mário de Andrade conseguiu não só abrir caminho para uma linguagem nacional como também refletir sobre o jogo dialético das culturas brasileira e universal. No espetáculo do Antunes, a movimentação dos atores-personagens marcada pela valsa de Strauss é extremamente eficaz como um contraponto de incrível beleza dentro da rapsódia brasileira de Mário de Andrade. Levantemo-nos, agora, para aplaudir.

BAR E CAFÉ LAMAS:

O Antunes diz que também curte o Edward Hopper. Que viu uma retrospectiva do Hopper em São Paulo.

— Doutor Silvana, mais uma vodca.

O autor escrevera um texto — *Cenários* — que terminava com uma evocação de um quadro de E. Hopper: *Nighthawks*. Com esse texto ganhou um prêmio de cem mil cruzeiros, com o qual comprou um telefone, aparelho que permite a seus amigos chamá-lo para vir a esta hora da madrugada ao Lamas, onde se passa a seguinte cena:

"O Antunes briga com a Salma e, de sacanagem, vai sentar-se sozinho a uma outra mesa, olhando fixamente adiante. A solidão do Antunes parece um quadro de Edward Hopper", diz o autor.

Bebem todos até o amanhecer. Depois a Léo e o autor, boêmios, *nighthawks*, subindo a pé a rua das Laranjeiras, comprando o jornal, tomando o café da manhã numa padaria. Depois, casa e cama.

THE AUTHOR RIDES AGAIN:

Show de música, principalmente, eu tenho o maior desânimo de ir. Há filas demais, todos aqueles fãs uniformizados de classe média contente. E a maior parte dos shows é apenas um disco cantado ao vivo.

O caso do João Gilberto é diferente. JG é um cara que se valoriza pelo silêncio, as pouquíssimas apresentações e os discos, muito selecionados. Quer dizer, ele se valoriza também pelo que não faz, os shows que não dá. E quando se dispõe a cantar em público, é um acontecimento que vem com muito peso. O mesmo peso *que* ele dá a cada nota musical.

— Eu nunca entrei no Canecão, mas no show do João Gilberto a gente podia ir, não é, Léo?

— É.

"THE TALK OF THE TOWN":

— Olha, não sei não, estou sentindo que esse cara não vai dar o show. Com aquele som do Canecão, não sei não...

— O cara é maluco: quando veio fazer aquele especial com o Caetano na televisão exigiu até mesa de pingue-pongue no estúdio.

— Dizem que lá em Nova York ele se tranca no banheiro por horas e fica testando uma nova batida no violão.

— É a acústica. Banheiro tem uma acústica boa pra caralho.

— Dizem que o homem testa o som do Canecão, não está legal, ele vem cá fora e fica olhando o céu, como se consultasse algum oráculo.

— Tão falando aí num *Pássaro da perfeição* que fugiu.

— Eu ia comprar entrada pro show, mas acho melhor esperar pra conferir.

OS JORNAIS:

"João ensaiou até a manhã do dia da estreia. Aí viu mesmo que não ia dar. Estavam lá o Tom Jobim, a Miúcha, o Chico Buarque. Os músicos foram saindo devagar, desanimados. João Gilberto pegou seu violão, entrou num carro e sumiu."

O AUTOR E A LÉO:

Léo: Você viu o negócio do João Gilberto?
O autor: Que que foi, não deu o show?
Léo: É.
O autor (*sorridente*): Eu já esperava. No Canecão, com aquele som do Canecão, eu já esperava.
Léo: Mas e o espírito profissional?
O autor (*categórico*): Se fosse outro qualquer, ainda vá lá. Podia dar um show mais ou menos, só pras pessoas verem o espetáculo, o ídolo. Mas João Gilberto, não. João Gilberto é a nota musical, o som. Ele só existe nesta medida. Uma medida que amplia a consciência do público para o som exato, a *sílaba*. Seu modo de cantar é um manifesto musical. O "Desafinado", por exemplo. É um manifesto. Como o "Muito romântico", que o Caetano Veloso fez para o Roberto Carlos cantar.

RUA LARANJAL 50, BELO HORIZONTE (1979):

O autor e suas amigas Sílvia e Isabel ficam a noite inteira

ouvindo o disco do Roberto Carlos. Principalmente a canção "Muito romântico".

"Canto somente o que pede pra se cantar
tudo o que eu quero é um acorde perfeito, maior
com todo mundo podendo brilhar
no cân-ti-co.
Canto somente o que não pode mais se calar
faço no tempo soar minha si-la-bá..."

LARANJAL 50 (2):

Caetano Veloso vai lá almoçar com a Sílvia e a Bel. Depois canta a "Trilogia do Roberto". Três retratos do Roberto vistos por ele. Ou três retratos dele vendo o Roberto — diz Caetano.

DE VOLTA AO RIO COM O AUTOR:

— Adorei o concerto do João Gilberto no Rio de Janeiro. O concerto foi dado, é isso que as pessoas precisam entender. A recusa de João Gilberto em cantar naquelas condições e suas palavras posteriores foram o concerto que ele ofereceu à cidade do Rio de Janeiro. Sua contribuição à cultura musical da cidade.

Deviam dar a ele o título de cidadão honorário, se ainda não o fizeram.

O CONCERTO DE JOÃO GILBERTO
NO RIO DE JANEIRO (1)

— Música não é barulho! E a minha música é feita de detalhes, sutilezas, filigranas! Aí, pensei que não era justo fazer aquilo comigo nem com os outros. Sabe, não posso mentir. Tudo parecia uma enorme brincadeira... Será que o povo aceita isso?

REPORTAGEM DE LÚCIA LEME NA REVISTA AMIGA:

"Dono de uma voz e um ritmo considerados privilegiados, inovador da música popular, pioneiro da bossa nova, que ele faz questão de chamar de samba — 'tudo é samba e samba é a estrutura musical primária' —, João Gilberto não faz concessões. Nem ao sistema nem à música."

O CONCERTO DE JOÃO GILBERTO
NO RIO DE JANEIRO (2)

— Sou apenas uma pessoa que procura a coisa mais bonita, o som mais integrado, a divisão correta. Ainda acredito que a música que tem interesse é a música bem-feita. E é por esta que eu luto!

O CONCERTO DE JOÃO GILBERTO
NO RIO DE JANEIRO (BIS)

— Tudo é samba e samba é a estrutura musical primária.

O AUTOR E UMA NOVA NAMORADA:

O autor tem uma capa preta, comprada em Paris. Numa

noite chuvosa o autor recebe a visita de Maria Luíza, atriz, que veio buscar um texto para uma possível leitura com seu grupo teatral. Ela e o autor esvaziam uma garrafa inteira de Old Eight. Lá fora chove muito e o autor pergunta à Maria Luíza se não quer passar a noite em sua casa. Ela diz que "Sim, tá legal". Depois caem na cama, cada um para o seu lado.

Acordam na maior ressaca, o autor diz que a venda do Old Eight devia ser proibida. É um crime contra o consumidor. O autor liga o rádio. Estão meio dormindo, meio acordados:

"Já conheço os passos
dessa estrada
sei que não
vai dar em nada..."

É João Gilberto cantando "Retrato em branco e preto", de Tom Jobim e Chico Buarque. Um momento fulgurante da música popular brasileira, essa interpretação de João.

Um texto inteiro sobre o "Concerto de João Gilberto no Rio de Janeiro" vem à cabeça do autor, como se ele recebesse um ditado do *além*. Ou do rádio, via JG. Ou do *Pássaro da perfeição*, que, nesse momento, executa um planeio sobre a cidade, procurando, talvez, no céu nublado, o rumo de Nova York. Pairando errante sobre a cidade, o *Pássaro* tem trocado influências com urubus malandros.

"Você precisa ver isso aqui em junho", diz um urubu, *"fica cheio de balões."*

É isso que o autor está imaginando ali na cama, ao lado da Maria Luíza, nessa manhã chuvosa. Mas a indolência do autor impede que ele se levante para anotar suas ideias. Vão passar o dia inteiro na cama, uma parte do cérebro do autor fixando-se naquele projeto de texto, para não esquecê-lo. Quando o autor está com muita ressaca, seu cérebro entra em pane.

Maria Luíza levanta-se para ir ao banheiro e pede ao autor

alguma coisa para se cobrir. O autor vai ao armário e pega a capa preta. Maria Luíza vai ao banheiro, volta e deita na cama com a capa preta sobre o corpo. O autor abre a capa preta no corpo branco de Maria Luíza e vê ela toda nua.

"Vou colecionar mais um soneto
outro retrato em branco e preto
a maltratar meu coração."

TEATRO JOÃO CAETANO,
NOITE DESSE MESMO DIA:

O autor foi encontrar com a Léo. Está esperando ali nas coxias e vê, de relance, Carlos Augusto Carvalho rodopiando ao som do "Danúbio azul". É um ensaio.

"Ah, *Pauliceia desvairada*, o Grupo Pau-Brasil."

A voz do Antunes Filho lá na plateia chama o autor:

— Ô Sérgio Sant'Anna, vem cá.

O autor tem de atravessar o palco para chegar até lá. O Antunes grita para o autor que quer ver como ele entra em cena. Ele atravessa o palco, encabulado. Mas entrar no espaço branco da página é também como entrar em cena. Então entrando aqui, neste espaço branco da página, como um ator que houvesse deixado as coxias para pisar o palco. Ou como João Gilberto entrando no espaço cênico do Canecão, com um sorriso e o violão debaixo do braço, para o seu *Concerto do Rio de Janeiro*.

ANDRÉ, O FILHO DO AUTOR, DE BOINA NA CABEÇA:

O André, que estava assistindo ao ensaio, disse que o Antunes Filho ensaiando a mulher negra a andar na *cena da Boiúna* era mais bonito do que a própria cena durante o espetáculo.

AUTOANÁLISE:

A propósito do que disse o André sobre o ensaio como um espetáculo em si: este autor, como vocês devem estar observando, também escreve como se ensaiasse (ou rascunhasse) o ato de escrever. Escreve sobre ele escrevendo. O Valdimir Diniz disse um dia que um amigo dele criticou o autor por ser isso narcisismo ou algo semelhante. Mas há o seguinte: se um cara é escritor e quer escrever sobre sua realidade, esta realidade estará impregnada do fato de ele ser escritor. Do mesmo modo que alguns cineastas se viciam em olhar as coisas enquadrando-as numa câmera imaginária. E um escritor autobiográfico acabará escrevendo sobre ele escrevendo.

De certa forma parei de viver espontaneamente. Porque encaro as minhas vivências de uma forma utilitária, ou seja: material para escrever. Às vezes até seleciono aquilo que vou viver em função do que desejo escrever.

O Silviano Santiago diz que eu não deixo viver meus personagens. De fato, meus personagens quase sempre são antes atores do que personagens. E sempre gostei de escrever minhas histórias como se elas se passassem num palco. Ou mesmo um teatro de marionetes.

Mas aqui, neste texto, há palcos de verdade e uma parte de "não ficção". Estaremos, agora, diante de um novo realismo na literatura brasileira? Um novo realismo que assume uma forma fragmentária? Pois está difícil, hoje em dia, não escrever em fragmentos. Porque a realidade, cada vez mais complexa, também se estilhaçou. Principalmente para um cara que se desenraizou como eu. Não existe uma cidade que seja *a minha cidade*. Não existe uma família que seja *a minha família*. E as minhas vivências, agora aqui no Rio de Janeiro, são cada vez mais diversificadas e fragmentárias em termos de pessoas, lugares etc. Mas João Gilberto rege as muitas partes, contrapontos, deste concerto.

A LÉO:

— As pessoas de Escorpião são muito filhas da puta; elas usam os outros.

— Uso mesmo, sou um profissional. Gostaria muito, por exemplo, que você, Léo, tivesse perguntado ao Luís Carlos Prestes, quando viu ele lá no *Macunaíma*, o que ele achou do espetáculo. Sei que ele assistiu calado, ao contrário do Gláuber Rocha, que resmungava alto o tempo todo. Mas seria interessante saber o pensamento de Prestes. Se ele não faria restrições, por exemplo, à pretensa fatalidade macunaímica do povo brasileiro. Por outro lado, o rigor estético do espetáculo já não seria, por si só, um imenso tijolo na edificação de uma cultura nacional?

Com a palavra Luís Carlos Prestes. E é preciso que o Partido tenha o seu jornal para que nós possamos saber o que o Partido pensa de todas as coisas. O que todos os partidos pensam sobre todas as coisas.

O PARTIDO COMUNISTA:

Com a atual desagregação social e econômica do país e a indefinição (ou enganação) dos políticos *oficiais* a esse respeito, um dia a maior parte do povo brasileiro poderá se voltar para o Partido Comunista como tábua de salvação. Por maiores que sejam os problemas, o Partido sempre tem ideias, sempre tem um programa de ação. A própria classe média, se continuar acuada, com medo até de sair na rua, poderá ver um dia no Partido uma espécie de UDN que vai pôr as coisas no lugar. Ou pode voltar-se também para a direita, a repressão da direita. Como na Alemanha de Hitler. E Hitler, com sua absoluta ausência de escrúpulos, levou vantagem contra os comunistas.

"O NOSSO HITLER":

O cineasta germânico Syberberg se indaga:
"Foi Hitler que projetou sua vontade sobre o povo alemão ou vice-versa?"
No filme de Syberberg há uma cena em que aparece Hitler como um ator representando Chaplin enquanto este representa Hitler.
É esse o entrelaçamento, jogo de espelhos, da arte *fin de siècle*, onde entram os artistas e a própria arte como integrantes da história.
Aqui, também, neste conto, o copular da estória com a história.
Syberberg: "O que restou de Hitler foram fitas em celuloide".

O JORNAL DO PARTIDO:

O Jornal do Partido Comunista teria de ter também seu crítico musical. De preferência alguém que pudesse, por exemplo, entender e analisar sem preconceitos o papel de um João Gilberto dentro de uma *Civilização Brasileira*.

TRISTES TRÓPICOS:

Lévi-Strauss escreveu que certas regiões brasileiras poderiam passar da barbárie à decadência sem conhecer a civilização.

CHICO BUARQUE NA TV BANDEIRANTES:

"O trabalho de João Gilberto é uma reciclagem do que emana do povo."

DEVER DE CASA:

Naquele tal ensaio do *Macunaíma* a que o André assistiu, o Antunes passou às atrizes no final um dever de casa. Estudar a diferença entre o neoclássico e o barroco. Para elas se situarem melhor nas cenas das estátuas. Um momento antológico, aliás, do teatro brasileiro e universal.

Este autor, entre outras coisas, dá aulas numa escola de comunicação (leia-se escola de linguagens). E às vezes fala aos alunos que o conteúdo em João Gilberto não pode ser procurado nas letras das canções, quase sempre irrelevantes, do tipo "Lobo bobo" ou "blim, blom, o trenzinho saindo da estação". O conteúdo em João Gilberto é a própria forma de cantar, a forma musical. Esse conteúdo não pode ser procurado semanticamente nas palavras *lobo* ou *bobo*, mas em sua pronúncia musical, esse jogo com as letras *b* e *o*. O "blim-blom" das coisas.

SAMBA DE UMA NOTA SÓ:

"Eis aqui este sambinha

feito de uma nota só
outras notas vão entrar
mas a base é uma só."

REFLEXÃO:

É este aqui um texto *desafinado?*

O PATO:

O *Pato* é um clássico?

PRIMEIRO AMOR:

O primeiro presente que o autor ganhou da sua primeira
namorada foi um disco do João Gilberto. Antes ele já escutara
o João no rádio e soube desde logo que alguma coisa nova tinha
acontecido.

STEPHEN DEDALUS:

"O que é audível apresenta-se no tempo, o que é visível
apresenta-se no espaço."
Faço no tempo soar minha si-la-bá (Caetano Veloso).
E aqui estou eu, o autor, caminhando no espaço branco
da página, manchando-o com tipos negros. E vamos em frente.
Acabei de ler na novela *Achado*, do Ivan Ângelo, que, cansado
de uma exagerada personalização, o narrador deixaria a primeira
pessoa do singular (o *eu*) para tratar a si próprio simplesmente de

"O Autor". Coincidência ou caminhos convergentes? Mas vou percorrer aqui, em geral, o caminho inverso. Aliás, já comecei.

CURSO NO MAM:

Em 1978 dei no Museu de Arte Moderna do Rio de Janeiro um curso sobre a ficção brasileira a partir dos anos 60. Durante esse curso foram valorizados principalmente os livros que não só discutiam a sociedade brasileira nas décadas e 60 e 70, incluindo os traumas políticos, como também os que colocavam em questão o próprio narrar disso tudo. Livros passíveis de mais de uma leitura, como se diz por aí. E nessa lista foram incluídos *A festa*, do Ivan Ângelo; o *Galvez*, do Márcio; o *Zero*, do Loyola; o conto "Intestino grosso", do Rubem Fonseca etc. Não porque fossem livros mais bem escritos do que outros, mas porque traziam essa postura que me parecia adequada à época. Uma época que questionou a narrativa. Não incluí a mim próprio, por falsa modéstia. Mas mandei mimeografar e distribuí aos alunos o meu conto "Uma visita domingo à tarde ao museu", porque estávamos ali no museu e isso me parecia uma coincidência preciosa. De certa forma o conto só se realizou na medida em que foi impresso ali, nas folhas com o timbre do museu.

O lugar onde um texto é publicado é às vezes muito importante, em termos de ficção. Publicado que foi "O submarino alemão" no *Boletim do Círculo Psicanalítico de Minas Gerais*, adquiriu o texto um cunho mais marcado de *ficção psicanalítica*. Também gostei de o "Lusco-fusco" ter saído na revista *Dados e Ideias*, do Serpro, que é lida por gente ligada a computadores, creio. E achei que seria estimulante para tal tipo de profissional um conto com uma concepção não ortodoxa do espaço literário.

EU E A LÉO:

— Pra escrever este texto do João Gilberto eu gostaria de um pouco mais de informação musical. Pra traduzir com exatidão em palavras essa busca mítica de um som íntegro por parte de João. Quem sabe se eu procurasse a Miúcha, hein, Léo? A Miúcha foi mulher dele muitos anos e li no jornal que ela estava lá no Canecão no último ensaio, quando ele desistiu. É, talvez se eu telefonasse para o Nelsinho. O Nelsinho é muito amigo dela. Estivemos até juntos uma vez no apartamento dela. É ali na Prudente de Morais e tem uma varanda de onde se vê um pedacinho do mar. De noite dá até pra ouvir o barulho do mar. O único problema é que eu não tenho o menor saco pra pesquisa, essa batalha toda.

— Pô, mas você é preguiçoso, hein? O Rubem Fonseca eu te garanto que iria.

De fato, dizem que o Rubem Fonseca até se disfarça de pobre pra subir o morro. Pra saber das coisas e depois escrever.

Eu também subi o morro uma vez lá no Leme com a Léo. Só que tínhamos bebido e seguimos atrás de uma batucada que começou no botequim onde a gente foi com o Luiz Gonzaga Vieira e a Ivonne. Quando eu bebo, só tenho medo no dia seguinte. A Ivonne encontrou com a Léo outro dia na rua e falou:

— Puxa, vocês são loucos. Aquele morro está cheio de bandido.

Mas um cara tinha até convidado a gente pra voltar lá, para uma festa de aniversário de não sei quem. O cara marcou hora e dia pra pegar a gente no mesmo botequim. Só que a gente não foi.

O RIO DE JANEIRO:

São dois países, um de frente para o outro, a cidade e a favela. E esses dois países estão em guerra. As batucadas na favela são o fundo musical desse filme. Tambores guerreiros batendo um ritmo de taquicardia.

CARTA DO AUTOR A RUBEM FONSECA:

"Agradeço o livro que você me mandou. Na verdade, invejo-o por sua capacidade de apreensão e elaboração em cima da realidade."

TELEFONEMA:

Numa decisão súbita o autor levanta-se do sofá em seu apartamento, onde está sentado com a Léo, e resolve telefonar para seu amigo e parceiro Nelson Ângelo:

— Alô, Nelsinho? Aqui é o Sant'Anna.

— Opa, como é que tá?

— Tudo bem. O negócio é o seguinte. Tô escrevendo um conto sobre o concerto que João Gilberto não deu no Canecão. Um troço a favor do João. Mostrando que a recusa de ele cantar foi, em si, um importante fato musical.

— Legal. Tem uns caras pichando, acho bom alguém escrever isso. Assim a favor.

— Pois é, mas não manjo picas de música. Você podia me ajudar. Ou então ir comigo lá na casa da Miúcha.

— Tá bom, a gente podia se encontrar.

— Amanhã?

— Amanhã.

— Lá mesmo no Nicteroy?

— É, eu chego lá pelas cinco.

— Eu vou um pouco depois.

— Então tá.

— Tchau. Um abraço na Rita.

— Tchau.

TARDE DA NOITE:

O autor e a Léo vão para o Lamas, onde combinaram se encontrar com o Antunes e a Salma. Vão comemorar o aniversário da Salma. Engraçado, as letras do nome da Salma são as mesmas do nome do Lamas.

Chegando à porta, oh, surpresa, o Lamas está fechado "por motivo de força maior". Algum engraçadinho escreveu embaixo: "Assassinaram o camarão".

O autor e a Léo pegam um táxi e vão para o teatro. O espetáculo já acabou, mas o Antunes está fazendo testes para substituições no elenco. E agora manda uma candidata andar pra lá e pra cá no palco. E depois manda ela passar uma parte do texto com a Ilona e a Léo. Enquanto o teste prossegue ele grita para o autor sentado lá na frente:

— Quer dizer que o Lamas está fechado, não é, ô Sant'Anna?

— Pois é, incrível, o Lamas fechado. Um bar que não fecha nunca. Alguma coisa grave deve ter acontecido.

O teste termina, a Salma aparece na beira do palco e o autor dá a ela de presente de aniversário *A hora da estrela*, de Clarice Lispector.

— É um livro que emociona a gente. No princípio é um pouco pesado, meio chato, mas depois pega a gente pelo pé.

Beijos, final desta seção.

PRAÇA TIRADENTES (à espera de um táxi):

O autor para Carlos Augusto Carvalho (Macunaíma):
— É esse o casaco que você usa na peça?
— Não, mas é parecido, por quê?
— Nada, é que ele é bonito.
Também na vida real Carlos Augusto é a personificação de Macunaíma. Nascido no Pará, Brasil bravo, e descendo o mundo como ator. São Paulo, Rio, Nova York, Oropa. Como se Macunaíma, adormecido por muitos anos nas páginas de um livro, de repente pulasse para a vida. O espetáculo montado por Antunes Filho & Cia. supera, no meu entender, o livro de Mário de Andrade. E Carlos Augusto dá ao personagem um rosto e um *paletó de linho branco*.

MÁRIO DE ANDRADE:

"Nome começado por MÁ tem má sina."

RESTAURANTE LA MOLE, BAIXO LEBLON:

Mais uma vez o "Parabéns pra você" é cantado baixinho, agora para a Salma.
Sob as luzes de um poste, o autor julga ver um rosto conhecido. Ajeita os óculos e tenta distinguir melhor no meio da névoa alcoólica da madrugada. Levanta-se, vai lá e não tem mais dúvida. É mesmo a Sílvia, que retorna a esta história. Abraçam-se, exclamando:
— *Never more, never more.*
Sílvia vem sentar-se à mesa com o pessoal. Nesse final de

madrugada, são os únicos fregueses do restaurante. Pedem mais uma rodada de vodca. Antunes vai sentar-se a uma outra mesa, afastada:

— Um quadro de Edward Hopper — ele diz de lá.

Câmera enquadrando os primeiros raios da claridade ferindo os olhos do grupo de vampiros. Assustados, começam a dispersar-se. Cacá e Júlia para um lado. Antunes e Salma tomando a transversal.

Sílvia, extraviada dos amigos com quem estava, diz que não tem onde dormir.

— Vai lá pra casa — o autor diz. E vão.

Fundo musical: "É de manhã, vem o sol etc. etc...". De Tom Jobim e Dolores Duran, na voz do saudoso Agostinho dos Santos.

TELEFONEMA (1):

Despertado pelo tocar do telefone, às onze horas da manhã. É o Tavinho Moura, diretamente de São Paulo:

— Sant'Anna, a Sílvia tá aí?

— Porra, como é que você descobriu?

— Intuição, bicho. Intuição.

— Ela tá dormindo, quer que eu chame?

— Chama, cara, que é um troço importante. Ela tem que vir a São Paulo regravar a flauta no meu disco que deu problema.

NOTA TIPO RODAPÉ:

Tais acontecimentos, à primeira vista irrelevantes, que vêm se detalhando aqui, se justificam na medida em que são as peças de um mosaico, pleno de mágicas e necessárias coincidências de caráter literário, teatral e musical e a executarem em seu conjunto, como os instrumentistas de uma orquestra, "O concerto de João Gilberto no Rio de Janeiro".

TELEFONEMA (2):

À mesa do café o autor percebe que não tem a menor condição física de ir trabalhar. As mãos trêmulas, a cabeça imprestável. E depois, com aquele bafo...

O autor pede à Sílvia e à Léo que fiquem em silêncio absoluto enquanto ele telefona. Pode pegar mal, em seu trabalho, aquelas duas mulheres cascateando tão alegremente ao seu lado enquanto ele se justifica:

— Alô, aqui é o Sérgio. Avisa aí que eu estou batalhando na matrícula do meu filho no colégio. Se não demorar muito eu ainda vou aí.

QUASE UM DESASTRE:

Ao sair da Princesa Isabel para entrar na Barata Ribeiro, o táxi perde o freio. O motorista consegue uma passagem milimétrica entre os carros estacionados e um ônibus do Exército cheio de soldados. Alguns ligeiros amassadinhos no táxi. O ônibus do Exército nem sentiu.

Descem ali mesmo e o autor diz à Sílvia que é um crime ir a São Paulo numa tarde dessas de sol. Sílvia, desanimada, fala que tem de ir.

Beijos na rua, despedidas, Sílvia vai pegar suas coisas na

casa de uma amiga. Léo e o autor vão para a praia até a hora de encontrar o Nelsinho.

— Aquele quase desastre era um presságio, Sílvia. Pra você não ir a São Paulo. Como mais tarde, nesta história, iremos ver.

"PARAÍSOS ARTIFICIAIS" (1):

Praia do Leme, à tarde, num dia útil. Uma ou outra pessoa fazendo ginástica na barra, garis limpando a areia, eu e a Léo com todo o espaço à nossa disposição.

Há um tipo de euforia, às vezes, na ressaca, enquanto a curva do álcool ainda não entrou em declínio acentuado. Deitar então na água e olhar o céu. A cidade inteira se movimenta, no inferno de um dia útil. Mas você pensa é no movimento do Planeta. O Planeta rolando vertiginosamente no Cosmos e você ali boiando nas ondas do mar, como um passageiro de primeira classe.

BAR NICTEROY:

Tomou este nome por causa daquela piada antiga de que a única coisa que presta em Niterói é a vista para o Rio. E como o bar fica bem em frente, tem a vista do Garota de Ipanema, ex-Veloso, onde Tom Jobim e Vinicius de Moraes etc. etc...

Eu e a Léo pedimos rápido chopes e caipirinhas para entrar no ritmo da mesa.

Nelsinho cantarola a "Quase branca", de sua autoria, com letra deste autor que vos fala. O autor queria que a canção se chamasse "Mórbida", mas o Nelsinho achou o título mórbido demais. O autor pensa que cantando o mórbido a gente dá a volta por cima da morbidez. O dizer uma coisa redime esta coisa.

O Nelsinho queria também a palavra "mistérios", mas convenço ele que deve ficar "cemitérios" mesmo.

Nessa troca de mútuas concessões subsiste um impasse: o músico quer a palavra "verso", o letrista quer "nervo". O músico acha que no *verso* está contido o *nervo*. E *nervo* não é legal de cantar. Já o autor acredita que no *nervo é* que cabe o *verso*:

"Uma canção quase branca
na garganta essa vontade de silêncio
cemitérios que trazemos em segredo.

Uma canção uma chama
um castiçal dentro da igreja
jogando um claro no rosto de cera.

Uma canção quase um réquiem
para um coro vestido de negro
uma canção quase um *nervo*."

AUTOCRÍTICA A FAVOR:

Além de essa canção ter a ver com minha caminhada verbal rumo ao silêncio, ela tem um lado muito mineiro, como eu tenho um lado muito mineiro. Ficaria muito bonita cantada pelo Milton numa igreja de Diamantina sob o clarão de velas e sem qualquer acompanhamento. Despojar-se, despir-se: o rumo?

Buscará o Ocidente, pressionado pela crise, uma nova castidade?

MIÚCHA:

— A Miúcha já vem vindo por aí — diz o Nelsinho. — Assim você conversa logo com ela.

Se aqui fosse um filme, a câmera poderia mostrar a Miúcha saindo da praia e subindo a Montenegro, até chegar ao Nicteroy, distribuindo beijos gerais e sentando-se entre o autor e o Nelsinho.

Mas como aqui é um livro, são as palavras que pegam a Miúcha saindo da praia e subindo a Montenegro, até chegar ao Nicteroy, distribuindo beijos gerais e sentando-se entre o autor e o Nelsinho.

Infelizmente as palavras não podem mostrar a tarde azul transformando-se em tarde cinza.

LUGARES-COMUNS:

Daqui a pouco vai chover e grossas gotas farão os pneus chiarem no asfalto enquanto as poças d'água refletirão as luzes da cidade.

Oh, literatura, coisa chã e vã!

"CONVERSANDO NO BAR":

O autor: O negócio é o seguinte, eu sou escritor...

Miúcha: Tô sabendo.

O autor: E estou escrevendo um texto em cima do show do João Gilberto. Começa com John Cage dando a ele de presente uma gaiola (*cage*) lá em Nova York. Depois aparece um urubu na asa do avião, batendo com o bico na janela e conversando com João em código morse. E por aí vai.

Miúcha (sorrindo): Legal.

O autor: Pois é, mas eu preciso de ajuda. Bom, você foi mulher do João muito tempo. E também tava lá no Canecão no último ensaio. Na hora que ele desistiu. Eu queria saber o que houve exatamente.

Miúcha: Foi aquele negócio do som mesmo. O retorno do som.

O autor: Eu sei, mas eu queria ter uma informação musical mais minuciosa sobre isso tudo. Eu sei que o negócio do João é o som puro, a nota exata, as sutilezas. Mas o que seria exatamente isso?

Miúcha: Olha, o melhor é você falar com ele mesmo.

Miúcha dá o endereço e telefone de JG. Hotel Rio Palace, quarto 824. Telefone 287-9922:

— Manda chamar o Otávio terceiro. É uma espécie de secretário dele.

O autor (cochichando com a Léo): Otávio terceiro, porra. Tá parecendo personagem de Shakespeare.

Nelsinho: O foda é esse Otávio terceiro. Passar pela triagem desse Otávio terceiro.

Miúcha: O negócio do João é ficar em casa tocando o violãozinho dele.

O autor acaba de anotar num cartão da loteria esportiva: "Otávio terceiro". Mas fica pensando que é tímido demais pra encarar essa, o ídolo, o mito. O autor já está sabendo que não irá procurar JG.

Miúcha: Falaram com ele assim: João, você tem que cantar, você é um mito. Ele respondeu que não queria ser *mito de circo*.

O CONCERTO DE JOÃO GILBERTO
NO RIO DE JANEIRO (4)

— Eu não quero ser mito de circo.

O AUTOR:

O autor anota essa última frase no seu cartão da loteria esportiva, mas queria saber mais. Até detalhes do casamento de Miúcha e João. Mas não tem coragem de perguntar. Então bebe mais, pra ter coragem. Só que depois a bebida vai atrapalhá-lo a se lembrar do que ouviu ali na mesa, onde Miúcha deixa escapar uma ou outra coisinha ao acaso. Que, por exemplo, eles mudavam tanto de casa em Nova York que não chegavam a ter uma vida normal. Uma vez moraram numa casa de três andares: num andar ficava ele, JG; noutro a Miúcha e noutro a filha Bebel.

Miúcha começa agora a ver umas fotografias suas que uma moça lhe trouxe para escolher. O bar se agita e passa uma mulata cantando. Nelsinho entra no ritmo dela. Chega Novelli, senta, apenas acena e sorri. Léo conversa com a Cristina, irmã da Miúcha. Diz que o Antunes é doido pra ter ela num espetáculo dele. Léo convida a Miúcha pra ir ver o *Macunaíma*, Miúcha diz que vai. Um cara bêbado reclama com o autor: — Pô, sua mulher queimou meu pé. — A Léo tinha jogado uma ponta de cigarro no chão, o cara estava de calção e descalço e pisou na brasa.

O cara chega muito perto da Léo e o autor a protege com um abraço.

Dispersão geral, as pessoas indo embora. O autor e a Léo bebem uma última caipirinha. Amanhã, outra ressaca.

DEPRESSÃO PÓS-ALCOÓLICA:

Porra, não sei como vou terminar este trabalho. Faltam alguns dados essenciais. Por exemplo; que rumo tomou João Gilberto, o que anda ele fazendo? E algo mais sobre sua música. Quem sabe eu escrevo pra ele, hein, Léo?

"Prezado João Gilberto. Sou escritor e estou escrevendo um texto sobre teu show no Canecão."

Arranco o papel da máquina com raiva e o rasgo em muitos pedacinhos.

PEDRO HENRIQUE, MÉDICO DO AUTOR E DE OUTRAS PERSO-NALIDADES DO MUNDO ARTÍSTICO:

— O álcool vai atingindo as células nervosas. E depois de um uso prolongado, sem tempo suficiente para recuperar-se, a pessoa vai tendo diminuída sua capacidade de concentração.

— Vou parar de beber no dia 31. Fim de ano e de década é bom pra resoluções. Mas o que se pode pôr no lugar?

"PARAÍSOS ARTIFICIAIS" (2):

Maria Luíza tem seios pequenos e bonitos, cabelos negros, longas pernas. Gosta de andar nua pelo quarto e eu a fico observando. Acende-se um cigarro, a fotografia muda de repente e tudo adquire o contorno velado mas suprarreal da poesia.

"Je présume que vous avez eu la précaution de bien choisir votre moment pour cette aventureuse expédition. Tout débauche parfaite a besoin d'un parfait loisir... vous n'avez pas de devoirs à accomplir exigeant de la ponctualité, de l'exactitude; point de

chagrins de famille, point de douleurs d'amours..." (Charles Baudelaire)

LETRA DE BOLERO:

"Perdoa, Leozinha, Índia. Perdoa este volúvel coração."

"PARAÍSOS ARTIFICIAIS" (3):

"*Il faut y prendre garde. Ce chagrin, cette inquiétude, ce souvenir d'un devoir qui réclame votre volonté et votre attention à une minute déterminée, viendraient sonner comme un glas à travers votre ivresse et empoisonneraient votre plaisir. L'inquiétude deviendrait angoisse; le chagrin, torture.*" (C. B.)

O grande inferno na divisão sentimental é que não se trata de escolher o melhor entre o amor, os atrativos, as virtudes, de uma ou outra pessoa. E sim porque cada uma dessas pessoas tem um peso próprio que te atrai de uma forma completamente independente.

E no meio da névoa da noite, de repente, dois rostos podem superpor-se à tua visão. Mas não deixar que a culpa penetre por tuas frestas. Jogar-se inteiramente nesse corpo e rosto ambíguos, como se importasse apenas esse único momento. Depois... Bom, depois...

ATRIZ:

Maria Luíza costuma chegar à uma da manhã, depois do

ensaio. Gesticula pelo quarto, comentando os diálogos e marcações da peça.

De repente me vem à cabeça um novo texto: "Um homem que não sai mais de casa e o que se passa no mundo lá fora chega até ele apenas através dessa encenação particular da mulher em seu quarto".

Mas antes é preciso terminar com JG.

WORK IN PROGRESS:

Nelson Rodrigues vai acompanhando os ensaios de *A serpente*, peça de sua autoria que a Maria Luíza está fazendo. De repente diz para o ator Carlos Gregório acrescentar ao seu personagem uma fala assim: "O sexo da minha mulher é uma orquídea deitada".

ASSISTENTE DE ESCRITOR:

A Léo traz de presente para o autor uma página da revista *Amiga* com uma entrevista de João Gilberto sobre o show que ele não deu no Canecão.

"Esse conto eu queria muito fazer, Léo, porque encaixa direitinho no espírito do livro. Não quero um livro de histórias, mas um livro que discuta a linguagem, num tom oscilando entre o ruído e o silêncio. Tendendo, talvez, para um silêncio final ou, quem sabe, um ligeiro sussurro? Fora isso, João Gilberto, poxa! Esse é um texto, um tema, que tesa. Um texto como João Gilberto experimentando o violãozinho dele dentro de casa, depois de cancelar uma apresentação para milhares de pessoas. Um texto como Garrincha jogando uma pelada em Raiz da Serra, depois de faltar a um jogo importantíssimo do Botafogo. Um texto de prazer."

Um psicanalista me disse um dia:

— Por que não escrever sem um propósito definido?

JULES SIEGEL:

Uma vez o jornalista norte-americano Jules Siegel queria entrevistar Bob Dylan. Mas cansado de se debater contra a debochada e agressiva *entourage* do superastro, resolveu escrever uma reportagem sobre ele mesmo, Siegel, tentando chegar a Dylan. O título da matéria, publicada no jornal *Rolling Stone*, era: "Jules Siegel é megalomaníaco".

DESPEDIDA:

Última apresentação do *Macunaíma* no Rio de Janeiro. Na porta do teatro, o maior tumulto. Léo descola uma entrada para a Miúcha. Depois do espetáculo a Miúcha vem cumprimentar. Pergunta à Léo se eu estou mesmo fazendo o tal texto e se procurei o João.

— Não, não procurou não.

Depois a Léo me disse que a Miúcha disse que não estava mais a fim de ser a *ex-mulher de alguém*.

TELEFONEMA:

A Sílvia, de Belo Horizonte:

— Sérgio? Tô mandando pra você, pelo Cristiano, aquela camisa da Cachaça Cantagalo.

— Ótimo, depois eu mando a sua do Bradesco. E São Paulo, como é que foi?

— Tudo bem, só que naquela tarde eu não cheguei. Pô, o avião ficou sobrevoando São Paulo por causa do mau tempo. O maior horror.

— E Campinas, também não dava?

— Tava tudo fechado. Aí a gente voltou pro Rio.

— Quer dizer que você foi só dar um passeio de avião e voltou?

— Pois é. E o avião estava cheio de executivos. Aí eu contei pra eles aquela história do táxi sem freio e você me avisando pra não ir. E os caras disseram que a *pé-frio* no avião era eu. Você precisava ver.

— Mas não quiseram te pôr pra fora não, né?

Risos.

— Não, isso não.

— A vida é um sonho, Sílvia. É um sonho.

CABEÇAS CORTADAS:

"A vida é uma história contada por um idiota, cheia de som e de fúria, significando nada."

No filme *"del gran cineasta brasileño"* Gláuber Rocha, o ex-ditador de Eldorado, representado por Francisco Rabal, canta em ritmo de tango o monólogo acima, do *Macbeth*, de Shakespeare.

UM FINAL POSSÍVEL PARA ESTE TEXTO:

João Gilberto no quarto de hotel, com o Pássaro da perfeição em seu ombro, canta em ritmo de bossa nova, acompanha-do pelo não menos shakespeariano Otávio terceiro vestido de imperador romano ou príncipe de Gales, um monólogo quase idêntico:

"A vida é um sonho
sonhado por um *fool on the hill*
cheio de sons e sussurros
significando nada."

PARA OS LEITORES CURIOSOS, O MOTIVO POR QUE O LAMAS NÃO ABRIU AQUELA NOITE E SUBSEQUENTES:

A cozinha explodiu.

INTERURBANO (1)

A Léo, de Salvador, onde o *Macunaíma* estreou.
— Como é que está aí, Léo, muita loucura?
— Baiano é doido, santo, eu fui à festa da padroeira e os caras puxavam a gente pelos cabelos.
— E o João Gilberto, tá mesmo por aí? Eu ouvi dizer.
— Olha, ninguém sabe, o homem sumiu. Tem gente que diz que ele está aqui; tem gente que diz que ele se mandou pra Juazeiro.
— Mas se encontrar o homem, já sabe — vê se dá um toque.

INTERURBANO (2)

A Léo, de Maceió, onde o *Macunaíma* estreou.
— Como é que é, e o texto?

— Tá saindo.

— O João Gilberto nem sinal lá em Salvador.

— Não precisa mais não, Léo; eu estou fazendo um final da minha cabeça mesmo. Vê aí o que você acha?

GRAND-FINALE:

Frank Sinatra sobe as escadinhas de um vestiário-sepultura que o levam diretamente ao centro do Maracanã, onde cento e quarenta mil pessoas aguardam o seu tão anunciado show.

Uma iluminação feérica concentra-se no cantor, que pega o microfone para entoar os primeiros acordes de "Let me try again", sob o delírio da multidão.

Nesse momento, no céu, Deus consulta os seus assentamentos e verifica que o tempo de Sinatra já se esgotou há muito sobre a Terra. "Não, não dá pra tentar de novo." E imediatamente ordena à Pomba do Espírito Santo que vá lá embaixo e acabe com aquilo.

A Pomba do Espírito Santo sobrevoa o estádio em formação com o Pássaro de John Cage e silencia Sinatra com um raio. Sinatra é carregado por seus guarda-costas novamente para a sepultura.

Silêncio absoluto no estádio, como se fosse um minuto de silêncio pela morte de algum jogador famoso ou a famosa composição de John Cage "4' 33".

Entre os espectadores, em lugares diferentes, João Gilberto e Luís Carlos Prestes, que não vieram ali por causa de Sinatra, mas para ver o público.

Numa corrente psíquica, a Pomba do Espírito Santo e o Pássaro da perfeição *iluminam* o homem dos alto-falantes do Maracanã, que convoca JG com urgência ao centro do gramado para substituir Sinatra.

João Gilberto decide que não pode faltar neste momento ao povo do seu país. Além disso, o equipamento de som que os americanos trouxeram para o Maracanã é bem melhor que o do Canecão.

Rumo aos elevadores do estádio, JG vai pedindo licença, passando entre os espectadores da arquibancada. De repente ouve uma voz atrás de si que o incentiva: "Uma estética para as massas, uma estética para as massas".

João Gilberto adentra o gramado pelo vestiário central. Ouvem-se alguns aplausos desconfiados.

João Gilberto pega o microfone no palco instalado no centro do campo e todos silenciam.

E João Gilberto começa a cantar baixinho, com as sílabas e as notas muito bem pronunciadas, a "Aquarela do Brasil", de Ary Barroso, regendo o público com os braços, para que o acompanhe no mesmo tom.

E nesse tom — o tom *sussurrante* do bloco do *Macunaíma* — a multidão começa a entoar: "Brasil, meu Brasil brasileiro, terra do samba e do pandeiro...".

Lá ao longe, confundindo-se com as estrelas, afastam-se a Pomba do Espírito Santo e o Pássaro de John Cage, arrepiados com este *happy-end*.

Conto
(*Não* conto)

Aqui, um território vazio, espaços, um pouco mais que nada. Ou muito, não se sabe. Mas não há ninguém, é certo. Uma cobra, talvez, insinuando-se pelas pedras e pela pouca vegetação. Mas o que é uma cobra quando não há nenhum homem por perto? Ela pode apenas cravar seus dentes numa folha, de onde escorre um líquido leitoso. Do alto desta folha, um inseto alça voo, solta zumbidos, talvez de medo da cobra. Mas o que são os zumbidos se não há ninguém para escutá-los? São nada. Ou tudo. Talvez não se possa separá-los do silêncio ao seu redor. E o que é também o silêncio se não existem ouvidos? Perguntem, por exemplo, a esses arbustos. Mas arbustos não respondem. E como poderiam responder? Com o silêncio, lógico, ou um imperceptível bater de suas folhas. Mas onde, como, foi feita essa divisão entre som e silêncio, se não com os ouvidos?

Mas suponhamos que existissem, um dia, esses ouvidos. Um homem que passasse, por exemplo, com uma carroça e um cavalo. Podemos imaginá-los. O cavalo que passa um dia e depois outro e depois outro, cumprindo sua missão de cavalo: passar puxando uma carroça. Até que um dia veio a cobra e zás: o sangue escorrendo da carne do cavalo. O cavalo propriamente dito — isto é, o cérebro do cavalo — sabe que algo já não vai tão bem quanto antes. Onde estariam certos ruídos, o eco de suas patas atrás de um morro, o correr do riacho muito longe, o cheiro de bosta, essas coisas que dão segurança a um cavalo? Onde está tudo isso, digam-me?

O carroceiro olha tristemente para o cavalo: somos apenas nós dois aqui neste espaço, mas o cavalo morre. Relincha, geme, sem entender. Ou entendendo tudo, com seu cérebro de cavalo. Diga-me, cavalinho: o que sente um cavalo diante da morte?

Diga-me mais, cavalinho: o que é a dor de um homem quando não há ninguém por perto? Um homem, por exemplo, que caiu num buraco muito fundo e quebrou as duas pernas. Talvez essa dor devore a si mesma, como uma cobra se engolindo pelo rabo.

Mas tudo isso é nada. Não se param as coisas por causa de um cavalo. Não se param as coisas nem mesmo por causa de um homem. Esse homem que enterrou o cavalo, não sem antes cortar um pedaço da sua carne, para comer mais tarde. E agora o homem tinha que puxar ele mesmo a carroça. E logo afastou do pensamento a dor por causa de seu cavalinho querido. O homem agora tinha até raiva do cavalo, por ele ter morrido. O homem estava com vergonha de que o vissem — ele, um ser humano — puxando uma carroça. Mas por que seria indigno de um ser humano puxar uma carroça? Por que não seria indigno também de um cavalo? Ora, um cavalo não liga para essas coisas, vocês respondem. No que têm toda a razão.

E, afinal, não podemos saber se o viram ou não, o homem puxando sua carroça, pois nos ocupamos apenas do que se passa aqui, neste espaço, onde nada se passa. Mas de uma coisa temos certeza: esse homem também encontrou um dia sua hora. E talvez — porque não tinha mãe, nem pai, nem mulher, nem filhos ou amigos — ele haja se lembrado, na hora da morte, de seu cavalo. O homem pensou, talvez, que agora iria encontrar-se com o cavalo, do outro lado. Sim, do outro lado: de onde vêm os ecos e o vento e onde se encontram para sempre homens e cavalos.

Para esse outro lado há uma linha tênue, que às vezes se atravessa — uma fronteira. Essa linha, você atravessa, retorna; atravessa outra vez, retorna, recua de medo. Até que um dia vai e não volta mais.

Aquele homem, no tempo em que atravessava este espaço aqui, beirando a fronteira do outro lado, gritava para escutar o eco e sorria para o cavalo. O homem tinha certeza de que o cavalo sorria de volta, com seus enormes dentes amarelos. O homem era louco. Mas o que é a loucura num espaço onde só existem um homem e um cavalo? E talvez o cavalo sorrisse mesmo, de verdade, sabendo que ali não poderiam acusá-lo de animal maluco e chicoteá-lo por causa disso.

$$* * *$$

Depois foram embora o homem e o cavalo. O cavalo, para debaixo da terra, alimentar os vermes que também ocupam este espaço, apesar de invisíveis. Principalmente porque não há olhos para vê-los. Já o homem foi morrer mais longe. E ficou de novo este território vazio, espaços, um pouco mais que nada. Não sabemos por quanto tempo, pois não existe tempo quando não existem coisas, homens, movimentando-se no espaço.

Mas, subitamente, eis que este território é de novo invadido. Vieram outros homens e máquinas, acenderam fogo, montaram barracas, coisas desse tipo que os homens fazem. Tudo isso, imaginem, para estender fios em postes de madeira. (Fios telegráficos, explicamos, embora aqui se desconheçam tais nomes e engenhos.) Então o silêncio das noites e dias era quebrado por um tipo diferente de zumbido. Mas para quem esses zumbidos, se aqui ninguém escuta, a não ser insetos? E de que valem novos zumbidos para os insetos, que já os produzem tão bem? Sim, vocês estão certos: os zumbidos destinavam-se a pessoas mais distantes, talvez no lugar onde morreu o dono do cavalo. O que não nos interessa, pois só cuidamos daqui, deste espaço.

Mas, de qualquer modo, todos eles (insetos, cobras, animaizinhos cujo nome não se conhece, sem nos esquecermos dos vermes, que haviam engordado com a carne do cavalo) sentiram-se melhor quando vieram outros homens — bandidos, com certeza — e roubaram os postes, fios e zumbidos. Agora tudo estava novamente como antes, tudo era normal: um território vazio, espaços, um pouco mais que nada. Ou muito, não se sabe.

Mas não há ninguém, é certo. Uma pequena cobra, talvez, insinuando-se pelas pedras e pela pouca vegetação — e a cravar seus dentes numa folha.

Às vezes, porém, aqui é tão monótono que se imagina ver um vulto que se move por detrás dos arbustos. Alguém que passa, agachado? Um fantasma? Mas como, se há soluços? Por acaso soluçam os fantasmas? Mas o fato é que, de repente, escutam-se (ou se acredita escutar) esses lamentos, uma angústia quase silenciosa.

Ah, já sei: um menino perdido, a chorar de medo. Ou talvez um macaquinho perdido, a chorar de medo. Ah, apenas um macaquinho, vocês respiram aliviados. Mas quem disse que a dor de um macaquinho é menos justa que a dor de um menino?

Mas o que estão a imaginar? Isso aqui é apenas um menino — ou macaquinho — de papel e tinta. E, depois, se fosse de verdade, o menino poderia morrer mordido pela cobra. Ou então matar a cobra e tornar-se um homem. No caso do macaquinho, tornar-se um macacão. Um desses gorilas que batem no peito cabeludo, ameaçando a todos. Talvez porque se recordasse do medo que sentiu da cobra. Mas não se esqueçam, são todos de papel e tinta: o menino, o macaquinho, a cobra, o homem, o macacão, seus urros e os socos que dá no próprio peito cabeludo. Cabelos de papel, naturalmente. E, portanto, não há motivos para sustos.

Pois aqui é somente um território vazio, espaços, um pouco mais que nada. Quase um deserto, onde até os pássaros voam muito alto. Porque depois, em certa ocasião, houve uma aridez tão terrível que os arbustos se queimaram e a cobra foi embora, desiludida. No princípio, os insetos sentiram-se muito aliviados, mas logo perceberam como é vazia de emoções a vida dos insetos quando não existe uma cobra a persegui-los. E também se mandaram, no que logo foram seguidos subterraneamente pelos vermes, que já estavam emagrecendo na ausência de cadáveres.

Então aqui ficou um território ainda mais vazio, espaços, um pouco mais que nada. Ou muito, não se sabe. Mas não há ninguém, é certo. Nem mesmo uma cobra a insinuar-se pelas pedras e pela vegetação. Pois não há vegetação e, muito menos, cobras.

Mas digam-me: se não há ninguém, como pode alguém contar esta história? Mas isto não é uma história, amigos. Não existe história onde nada acontece. E uma coisa que não é uma história talvez não precise de alguém para contá-la. Talvez ela se conte sozinha.

Mas contar o quê, se não há o que contar? Então está certo: se não há o que contar, não se conta. Ou então se conta o que não há para contar.

ESTA OBRA FOI COMPOSTA PELO GRUPO DE CRIAÇÃO EM ELECTRA
E IMPRESSA PELA PROL EDITORA GRÁFICA EM OFSETE
SOBRE PAPEL PÓLEN SOFT DA SUZANO PAPEL E CELULOSE
PARA A EDITORA SCHWARCZ EM OUTUBRO DE 2014